跳水的小人

黃寶蓮

目次

愛上一棵櫻桃樹

在那間破屋閣樓上的浴室窗口，李妍發過一場短暫而瘋狂的夢，有如窗外院中那棵櫻桃樹向她施了魔法或是什麼精靈對她下了咒語，三番兩次，她去到那個破爛的老屋前，彷如，今生前世，以致往後的悠長歲月將在那兒廝守，不離不棄。

那房子的浴室鋪著沉色的橡木地板，一邊是十八世紀的玫瑰石壁爐，旁邊一把舒適的木搖椅，另一邊是四隻銅製老虎爪頂著的搪瓷浴缸，長窗外是綠蔭遮天的櫻桃樹，倫敦綿長濕冷的冬季，甚至春季秋季一年四季，燃起壁爐的柴火，沐浴在這古典寬敞的浴室裡，懶懶的讀書，聽馬勒、巴哈、蕭邦、舒伯特……，窗外天光樹影，該是多麼奢侈闊綽，那浴室大得足夠容納一個人二十四小時全部的憂傷和快樂，一輩子的煩惱和夢想。

李妍痴狂到一種地步，以為那房子關係著她下半輩子的快樂和幸福。生活有個破裂的大窟窿，她急需一個填補虛空的替代物，那閣樓上的浴室比一個男人給她更多的憧憬和希望，比愛情給她更多的安全感；至少，在婚變的徬徨無措裡，她唯一的期待就是擁有一個屬於私人的空間和一段不被打擾的生活，她需要療傷；想清楚未來的去路，而一切似乎可以從閣樓上那間浴室重新開始，有如那是唯一可以給她溫暖，給她庇護，永遠不會背棄她的安全堡壘。

她費盡心思想鼓動那個叫羅傑的男子，讓他把那棟破房子賣給她。房子坐落倫敦城北的伊斯林頓區，一個有運河垂柳、知識分子、龐克、吸血鬼族和劇院的文化匯集區。羅傑的房子在公園邊寧靜的住宅區，院前野草叢生，窗檯斑駁，油漆剝落，窗戶破角用一塊寫著「售」字的房地產廣告板貼補著，門邊堆著舊報紙和空奶瓶，看去就像空置的廢屋。

夏天九月，往圖書館的路上，李妍偶然經過那房子，下午時分，日光溫和亮麗，破房子的大門嘎啦被推開，門縫裡探出來一張羞澀畏縮的灰鬍子臉，那人張眼抬頭望了望天色，彷彿大夢初醒。

今天星期幾？他沙啞的聲音問正巧路過的李妍。

九月六日星期三。

現在幾點鐘？

下午四點半。

天殺的！男人沮喪的咒罵一句。

你能借我三鎊八十先令？我需要搭地鐵進城一趟。

不知道他憑什麼隨便向路人開口借錢？看起來不像精神病，不像騙子，也不像乞丐，乞丐住不起這個地段的房子，雖然破敗，還是有身價。李妍本不想理會，看他人斯文，還有點孱弱，說不定是個生不逢時懷才不遇的落魄藝術家？想了想，掏給他四英鎊銅板，告訴他不用還。

「好小姐！你的好心腸會得到好報應的！請進來吧！我還有時間可以請你喝一杯薑汁茶！我叫羅傑。」

李妍沒拒絕，這人寥落得讓人心生慈悲，而且，那房子說不定要賣，那麼破舊，一定很便宜，還可以自己設計裝修，那是李妍的夢想和興趣：修補一棟依自己心願重整的舊房子。

進了客廳，一把長板凳，一個方桌子，牆邊堆疊著舊報紙雜誌，幾個空酒瓶，有個大窗戶面對後面的大花園，園裡一棵巨大的櫻桃樹，一屋子搖曳著綠色的光影，讓人白天都忍不住要遐想織夢。少了那樹，整個屋子一定蕭條冷清，淒涼暗淡。

羅傑用黑得不能再黑的老茶壺煮水泡茶，廚房的屋頂積累著一層煙燻的陳黃，煙囪十五度傾斜，樓梯看起來也是歪的，扶手掉了漆，脫了皮，現出的原木已經被手漬磨得光滑油亮。

薑茶來了，李妍接過杯子端在手裡，看見桌上有隻做得細緻精巧的蟑螂標本，頭上兩根長鬚保持完整，弧度優美。

「那是我的戰利品，我妻子的剋星，她有蟑螂 phobia，那隻標本是臥室裡一個倒立的燈罩裡的遺物，不是什麼意義非凡的紀念品，只是看到它就讓我懷想起害怕蟑螂的妻子，她的顫抖，她的恐懼，她抱緊我大呼小叫的歇斯底里，讓我感到被人需要的甜美幸福和驕傲。這標本可以印證記憶和……。」他可能想說「愛情」，頓一下沒再說。

後來呢？

索菲亞二十三年前就離開了！

「為什麼？」李妍冒然追問。

「她不快樂！一直都不快樂！當時不知道她那麼不快樂……。你快樂嗎？」羅傑問。

失婚的痛楚無意被人撩起，李妍頓時有淚崩的激動。結婚二十年，柴米油鹽日日尋常，丈夫有天回家，沒像往常先去樓上書房，直接就到廚房，開口就說：「李妍，你知道我一直是愛你的——」他低下眼簾，停了一下，「但是……」李妍已經預感「但是」的後面必然接一個驚嘆號的句子，只是沒料到如此驚爆。

「我愛上一個人，不跟她在一起，我會後悔一輩子！」他抬頭壯膽一鼓作氣吐出真相。

沒有任何徵兆預警，丈夫的話如平地驚雷。「這不是你的錯，一切怪我，房子可以給你，生活裡有什麼需要，我還是隨時都在……。」

李妍的耳朵嗡嗡作響，聽不到丈夫在說什麼，或許聽到了，但意識不到那話的真實性，嘴裡喃喃的說：「什麼？這麼快就決定？你想清楚了嗎？真的是這樣嗎？」當時並沒意識到痛苦傷痛，整個人只是驚呆了。水龍頭的水嘩啦啦的沖著手裡的菠菜，一把菠菜洗了又洗，幾乎都要洗爛了，還想晚餐的鱒魚要用什麼佐料烤？

晚上，李妍翻來覆去在床上，想著丈夫為什麼就不能說個善意的謊言？避免傷她的心和自尊？那麼赤裸直接，實在殘忍無情。他卻理直氣壯的說：隱瞞是懦弱，而且虛偽，他是正人君子，不會自欺欺人。

所以，作為被拋棄的妻子，除了毫無準備的正面迎接打擊，還要同意他的正直和勇氣，不因懦弱而欺騙或隱瞞？一個搞外遇的正人君子？一個誠實負責的外遇男人？

李妍雖明白：愛情無關道德，糟就糟在這裡，丈夫不是「搞」外遇，而是「意外墜落情網」，身不由己，無辜浪漫的像個初戀少年，就差沒祝賀他有這等齊人豔福，中年墜入老少戀。

丈夫果真誠實坦蕩，李妍問，他就答，說那女人不會做菜，也不願意下廚，「買菜做飯太浪費時間」，丈夫轉述那女子的話。這些恰恰是李妍婚姻生活裡的主要職責，除了一點法院的鐘點口譯工作之外。

那女人三十不到，小李妍一個生肖年輪，是來旁聽丈夫演講的博士班學生，日本人，兩人因討論論文題目而「不自覺」陷入戀情，發現時已經來不及煞車收手。

「放心，我會等她修成學位才結婚。」

結婚？那兩個字再一次震驚了李妍，沒想到這段戀情已經正式納入他下半輩子的人生規劃。

「也不是這麼急，她還有兩年才會寫完論文，之後還有口試……。」

「你到底愛她什麼？」李妍忍不住好奇，否則糊里糊塗被判出局，連犯什麼錯都不知道。丈夫卻三緘其口。

「她很行？房事？」

丈夫沒有否認，那就代表默認，預料是這樣的緣由，果真是如此也就認了，人無法返老還童，悲只悲男人現實，沒一點忠誠道義，二十年同床共枕，都已經中年，還這麼不甘寂寞。當然，婚姻也不單只是性，性事不該是主因，但肯定是導火線，丈夫一向不拈花惹草，或者，李妍不知道，危險就在這裡。猜想他之如此熱衷於學術研究工作，也許正是在逃避生活上的某些欠缺和不滿，而那不滿的缺口，不巧就被一個適時出現的女人填補了？

那晚，丈夫睡客房，李妍一個人躺床上，忽然意識到：丈夫將要和另外一個女人吃飯，睡覺，往後的日子就是她一個人面對餐桌，一個人孤枕獨眠……，想到此，抱住枕頭悶在被裡號啕大哭，哭到累了，睡去，醒來又哭。丈夫過來敲門，她索性鎖緊房門，聽而不聞，分不清是悲是恨。

丈夫留下房子，想是用金錢彌補內心的愧疚，他甘心傾家蕩產去投奔另一個女人懷抱，又讓李妍格外痛心，在一起這麼多年，他可從沒為她犧牲拋棄過什麼！

李妍無法繼續留在那個到處都是過去影子的房子，她不需要丈夫的大書房，不需要客房，整個三樓幾乎都空了，維多利亞式的建築也不是她喜歡的，狹長細窄，中間被樓梯分成前後兩截，封建時代把僕人限制在後頭廚房的階級區分；她喜歡愛德華式的長窗高屋頂，最關鍵是不想活在過去的時空，觸景傷情，而且，左鄰右舍問起丈夫去處，「投奔另一個女人懷抱」的話太難啟口；回台灣也不好受，面對家人親友太不堪，中年失婚，「棄婦」這個字眼如一道血淋淋的傷口，完全無法碰觸。

李妍只想離開，一個人遁隱在祕密而安全的角落，任由情緒氾濫崩潰沉淪墮落，直到淚乾心死，再從死裡復生。

這些破事不想跟羅傑談，同病相憐的處境太悲情，太沉重！她有興趣的是羅傑的房子，一眼看到那棵櫻桃樹就有點著魔，好像那樹早就等在那裡不時對她召喚。

羅傑說，他其實有個問題想請教：「你們中國人大概都懂風水？」

「不一定懂，但多少都知道一點基本的忌諱。」

羅傑打開後門，指著後院裡的櫻桃樹，「是不是風水不好？」

「很好！很好，那棵樹庇蔭整個屋子。」李妍以直覺回答。

「是嗎？」羅傑顯得驚奇但又帶著疑竇。「有朋友告訴我，那樹擋在風口，阻礙氣流，屋子容易滯濁，影響屋裡人的財運，健康，婚姻也不順遂……。」

李妍看了看樹影，隨口就說：南方櫻桃，鴻運當頭。她從小喜歡櫻桃，名貴的甜點吃食裡，常有一點濃豔欲滴的櫻桃裝飾點綴，讓人渴望又不可多得的吊著胃口，喜歡櫻桃，連帶喜歡一切與櫻桃有關的顏色、氣味、情事、誘惑與想像……。

她想像夏天在櫻桃樹下做瑜伽、吃早餐，下午讀書、午睡，在院角靠牆的地方種棵攀爬的紫藤，還有早春的雪滴花，盛夏的玫瑰，春寒料峭地底冒出嫩綠的水仙葉鞘，九月秋天摘櫻桃做果醬、烤櫻桃派，釀櫻桃酒……，她可以在這個屋子裡過完下半輩子。

羅傑說：櫻桃樹是二十多年前剛搬進來時親手種的，櫻桃樹下埋著他死去的狗，妻子走後不久，狗也跟著去世！

「是不是跟風水有關？」羅傑問，好像他非常在意風水那件事。

「當然不是！狗怎麼死的？」李妍問。

狗生怪病，口水流不停，流了幾個月，路上看到喜歡的人就往人身上撲過去，流一灘口水，弄濕人家衣服，遭人怨憎，有些人，尤其女人憎惡狗唾液，以為很下流，對狗主人沒好感，好像有其人必有其狗。

看獸醫說是牙痛，不是發情，細菌感染牙床發炎，狗不會刷牙，主人也沒想到要替狗刷牙，就得了牙周病，醫生吩咐應該換一種含鈣質又爽口的狗飼料，讓狗卡哧卡哧的咬出聲響的，叫做牛奶骨頭（milk-bones）。

羅傑遵照醫生指示給狗含鈣質的食物，口水減少些，但還是繼續流，後來發現狗得了淋巴癌，沒買狗醫療保險，醫藥費用比人還貴，也不知道要病多久，羅傑不是那麼富有，最後只好帶著愧疚讓牠安樂死。

櫻桃樹每年春天開花，夏末果實纍纍，每次吃櫻桃都會想起妻子和狗。

「不過，索菲亞離開二十多年了！她說不快樂，問題是我不知道她不快樂！我只是個木匠，早先還有一些零星工作，後來就漸漸少了，人都喜歡新鮮事物，沒耐心等待又慢又貴的手工製品，都去買那些北歐製造的組裝家具，模樣時髦，色彩豔麗，用了一段時間就可以因分手，吵架，離婚，一起和破裂的愛情丟棄。他們不要持久耐用的東西。現代人要的是流行時尚，叫什麼『in』，那種莫名其妙被夾擠在流行口號裡的介系詞。像我這樣的人就只能夾在介系詞的縫隙裡苟延殘喘！」

不能改行嗎？

試過理髮師、泥水匠、園丁，都不順利，老天爺就給我這一雙手做我喜歡的木頭家具，其他的事做不來，也不喜歡！你看，客廳的桌子、椅子，還有閣樓上的櫃子、搖椅，都是我的作品。不過，很久不做了，整套工具都拿去跳蚤市場賣了。

李妍看了客廳那桌那椅，式樣簡單大方，實用穩固，羅傑說是薛克式樣，一種線條簡明大方的風格，但是，他本人不是薛克信徒，不過，也過著刻苦簡樸禁慾修行的如薛克的清教徒式生活了！

羅傑帶李妍看閣樓上的櫃子和浴室裡的搖椅。

上了閣樓，浴室的門一打開，一個時光遺落的小小夢境天堂，長窗外正是濃濃密密的櫻桃樹，浴室很大，有玫瑰石砌成的壁爐，古董搪瓷浴缸，那把羅傑做的桃花木搖椅就在壁爐邊，彷彿一坐下來，就可以掉進另一個時光隧道。

羅傑說：索菲亞來自高加索，那裡的人習慣泡澡，愛上她時很浪漫，親手替她打造了那間浴室，本來是個書房，有壁爐，他在壁爐前用細小的紅色馬賽克拼了一個句子：

給我至愛的索菲亞以及生活的美麗與甜蜜

一九八六年六月二十日　愛你的羅傑

那是他們的結婚紀念日，浴室是他送給她的結婚禮物。

浴室牆角有個蜘蛛網，網中間有蜘蛛，羅傑說：那是他的哲學朋友。

「幾個月前，不知從哪裡飛來一隻長腳蒼蠅，身體和蜘蛛一般大小，用第二對腳扣住蜘蛛的脖子，騎架在蜘蛛上，夾持著蜘蛛行走，走來走去，走到我的身邊，我在馬桶辦大事，蜘蛛繞過我腳邊，又繞回去，繞來繞去，不知道要繞去哪裡？我仔細看被蒼蠅夾持的蜘蛛，縮頭縮尾還有一絲氣息，前腳還掙扎著動，就揮手趕蒼蠅，蒼蠅冒著可能被打死的危險保護牠斬獲的獵物，貪婪之心勝於死。我用力拍打，蒼蠅飛起來一下下，立刻又回去死守獵物。最後，我打死蒼蠅救蜘蛛。就是牠，你看！」

該是多麼悠緩漫長的度日如年，才有心思專注於這種芝麻蒜皮事，他把自己關在過去的回憶裡，靠這些細瑣的回憶度日，將生活的不順遂歸咎那棵櫻桃樹，還是他親手植種的，巨大而茂盛。

「妻走，狗死，我是不是給自己栽下厄運？」

李妍不這麼懂風水，幫不上羅傑的忙，她愛上了他閣樓上的浴室，失婚最大的收穫竟然是壯大了自己的膽子，彷彿經歷那一場風暴之後，再沒有什麼能驚嚇、傷害自己的了，因而對事情就有了一種豁出去的瀟灑壯闊。

她小心隱藏自己過度的興奮，決定找一個適當的時間，研究一個安全的策略，說服羅傑賣給她房子。賣掉丈夫留下的住屋，足夠買下這幢閣樓房子，裝修費之外，也許還有一點剩錢過餘生。

兩星期，不長不短不多不少不讓人多疑也不給人壓力的適當時間，李妍以去圖書館的藉口「順路拜訪」羅傑。

下午兩點，羅傑的門窗還是緊閉，空奶瓶舊報紙堆積如舊。開門時，他懶懶擺個手勢示意李妍進去。一副病懨懨的消沉頹廢。

兩人在空蕩簡陋的客廳裡，坐著斷腳的木椅，很像舞台上進行的荒謬劇場。

李妍說：「羅傑，你有沒有想過要改變生活？你完全有條件過好日子，只要離開這個捆綁你的房子，這裡是一個記憶和情傷的墳墓，你困在裡面走不出來。」

羅傑瞪大眼睛看著李妍，從小在倫敦長大，求學、工作、結婚，他沒想過另一個地方的另一種生活。

「你看，你的房子在很值錢的地段，可以賣到好價錢，足夠你在其他較便宜但相對安全的區，買個實用的小房子，剩下的錢可以旅行、吃館子、聽音樂會，養老過舒服的日子，你守在這裡，連大門的破窗都沒能力修，還有傾斜的煙囪、樓梯，冬天沒暖氣，再繼續住下去，樓梯會坍陷，煙囪會倒塌，你會病，會老，會跟房子一起埋葬！」

羅傑先是不可置信的看著李妍，那些他想過或沒想過的現實與來日，沉思一會，他幽幽的開口：附近在蓋一些豪華公寓，工程噪音嚇走了鳥群，鳥都不來了，聽不到鳥叫的生活，還能叫人的生活？

李妍當那是羅傑同意她觀點的弦外之音，高興的鼓動三寸不爛之舌，開始給他規劃未來的美滿人生……，眉飛色舞的說到熱帶陽光如何能帶給他生機和活力，熱帶水果如何豐盛美味，芒果、荔枝、菠蘿、蓮霧，說得自己差點流口水，繼續又推銷女人，如水蜜桃之多汁，像櫻桃之嬌滴……。

「陽光、沙灘、美食、美酒、女人和快樂人生，去任何地方都比留守這個破房子好。」

羅傑沒有反應，李妍探問：熱帶不好？那還有澳洲、北極或者搭豪華客輪環遊世界，幸運的話，從世界另一端帶回來一個酷辣的美女。你快六十了吧？必須在你還能自由行動之前離開這個房子，等你走不動了，什麼地方也去不了，牙齒掉光，山珍海味都無法消受，即使有錢，死了一毛也帶不走。

李妍甚至答應幫忙羅傑，直到房子賣了，一切計畫安排妥當。

「我有憂鬱症，需要定期看醫生，離不開倫敦。不過，會考慮你的提議。」

最後，他問：可不可以做個朋友？偶爾路過，停下來喝杯茶？

為了買他房子，李妍說當然，還緊緊握住他的手說：隨時歡迎！

羅傑說：有房地產仲介代理過他的房子，但已經是很久以前的事，簽的合約早已過期失效。不過，他說：如果李妍有意要買，以朋友名義私下交易亦無不可，可以省下仲介費，對彼此都合算。

之前，他之所以決定賣房子，是因為心情不好，憂鬱沮喪、沒工作，妻子離去，一事無成，生活難以為繼，房子無力整修，一年一年逐漸破敗下去……。以前捨不得離開，念舊，念妻；現在沒能力離開，一個人不是想離開就可以瀟灑的拍拍屁股走路。

「好好考慮吧！我等你回音。」

一個月後，李妍請羅傑來家裡喝茶，嘗試跟他做朋友，企圖贏得他的好感與信任，要他趁兩隻腿還能走動去看看外面的世界，不要一輩子窩在一個角落裡，世界如此之大，生活如此豐富。騎馬、滑雪、西藏、印度、埃及……一切好玩的、好吃的、好看的，喜歡的話，還可以去老撾抽鴉片，去非洲看鱷魚，倫敦天氣太糟，物價太貴，地鐵太老，女人太胖……，讓人頹廢沮喪，而且不小心就會得ＳＡＤ（季節性過敏）。

羅傑點頭說他會認真考慮。

就在這期間，羅傑來電話說：有另一對夫妻對他的房子有興趣，那對夫妻衣著光鮮，座車氣派，要在閣樓做個有天窗的按摩ＳＰＡ浴室，在後院設計一個東方庭園，廚房打開連接花園，水池養錦鯉……。但是，那夫妻對屋子樓梯和煙囪漠不關心，對羅傑的情緒不聞不問，只是滔滔不絕談論他們的遠景和計畫，與地產仲介熱烈交頭接耳。

「我不喜歡他們！」羅傑說。

李妍不知道羅傑真正的意思是什麼？也不確定說的是真是假，在冗長瑣碎的牢騷抱怨之後，他才終於說：那對夫妻願意付比原價多四萬英鎊買房子，但他個人比較願意把房子賣給他喜歡的人！

「羅傑，我喜歡你的房子，但是，付不起那麼高的價錢，而且，你那房也不值那麼多錢。」李妍說。

那你願意出多少？

原價三十六萬英鎊少一萬！

羅傑說那是舊價，倫敦房價正漲著，中國、歐洲都來了很多提著現款買房的富豪。他需要和房地產仲介溝通、重新估價。

過幾天，羅傑來電話，沒有要求更高的價錢，也沒提到那對競購的夫妻，他忽然不確定自己該不該賣房子？改變生活的念頭，讓他失眠頭痛，焦慮不安。

「你難道不明白那房子就是套住你的繩索，禁錮你的牢籠？」李妍大聲提醒他。

羅傑愣在電話一頭沉重的呼吸著。李妍火上添油的說：我看見一個黑色的影子，浮蕩在你的屋子。你的妻子就是你無法解開的魔咒！

「我知道！我從來都知道，但是，我無法逃離她的魔咒，沒有人幫得了我！」羅傑停了一下又說：「如果你打算買，最好考慮加價，否則會被別人高價搶購。」

他的要價遠遠超過李妍的預算，那房子的煙囪、樓梯都需要重建，廚房有違規加蓋，地板需要更換，熱水爐不能運作……，建築師給李妍的整修估價已近房價的五分之一，李妍不一定有那麼多預算，但對那房子一廂情願，可能是婚變導致生活失焦，一棵櫻桃樹，一個有壁爐的大浴室，以為一切可以從那樣一個夢境開始，她抓住那個夢緊緊不放，宛如一鬆手立刻就會墜入無底深淵。

羅傑終究提出超過她預期的高價，李妍掙扎了很久，狠了心決定同意他的要價買那房子，買房漲，同理，賣房也會漲，她是做了這樣的推算。

給仲介打了電話，對方聯絡了律師，羅傑卻突然改變主意說不賣；問李妍是否有空喝杯茶，他有事跟她商量。結果，仍然是他無法決定賣房子的老問題，外加失眠、頭疼，一棵是不是要砍掉的櫻桃樹？

這樣想賣不賣，來回幾番，事情無所進展，每回還要聽他重複關於生活的種種牢騷。

羅傑到底不肯賣房子，也不敢賣房子，這房子恐怕長久以來不時挑戰著他的意志，生活裡再沒有比這房子更大的負擔，更大的糾纏，更大的恐懼與更深的眷戀。他想離開，但是無法採取行動。

李妍心灰意冷，一場美夢漸成泡影，大致決定了跟羅傑這種優柔寡斷缺乏行動能力的人打交道，比拔河還耗力氣，她果斷下了決心放棄。這之前許多年，他都下不了決心，現在更老，更衰弱，更病殘，更憂鬱更沒有勇氣也沒有力氣賣房子。

一晃，落葉飄零，寒冬已近，十二月初下了第一場雪，李妍意外接到羅傑電話，說帶了新口味的馬黛茶要過來一起喝，順便有房子事想談。

李妍覺得兩件事都不是好理由，看了窗外的雪說：天氣不好，不如改天？

「我喜歡下雪，世界看起來比較乾淨！房子的事有點新發展，就一杯茶時間，不會耽誤太久！我保證！」羅傑堅持要來，李妍不忍太絕情，好像過去對他好就是為了房子，太現實。

雪天路滑，羅傑騎腳踏車在路上撞到電線杆，摔倒地上，因常年缺乏日照和運動，骨質鬆散，一跌就碎裂，送到醫院急診，斷了兩根肋骨，摔破骨盤。在急診室裡，他沒有親人，沒有朋友，李妍居然成了他意外事故唯一的聯絡人。

躺在醫院病床的羅傑，不能動，不能翻身，不習慣也不喜歡醫院裡的所有人，所有事，見了李妍，滿腹牢騷。

「好自為之吧！天助自助者！」李妍跟羅傑說。

「明天你可以帶份報紙、一杯咖啡來看我？」羅傑問。

李妍還在婚變的失序混亂中，很難再照料一個優柔寡斷缺乏生活能力又不幸摔斷骨頭的憂鬱症病人。她說：明天不行，也許後天，或者大後天。

一個月後羅傑出院，坐著輪椅由救護車送回家。回家第一件事就找人鋸掉櫻桃樹。

之後，給李妍打電話，說他要賣房子，因為坐輪椅，無法爬樓梯，需要換一個單層公寓房子。

李妍興沖沖去了羅傑家，後院子空空蕩蕩露出一片灰沉沉的天空，一條長板凳孤零零的暴露在寒風中。

櫻桃樹呢？李妍吃驚的問。

「砍了！風水不好！」羅傑說得痛快淋漓。

李妍的心劇烈抽搐一下，一把刀斧落在心尖上，整個關於那個房子的夢想，到此徹底破滅。

沒了櫻桃樹，羅傑的運氣也沒有起色，房子賣不掉，他在那裡坐著輪椅繼續過日子，發牢騷，床鋪搬到樓下，閣樓浴室空著，蜘蛛到處結網。

周圍鄰近逐漸蓋起嶄新時髦、有停車位、健身俱樂部和花園庭院、規劃完整的現代豪宅。建設公司為了整體規劃，想羅傑一個釘子戶在那裡敗壞風水，破壞景觀，他們完全不在乎多出一點價錢買下那棟礙事的破房。

羅傑非常彆扭，不屑跟那些穿西裝提公事包的人打交道，抱怨他們沒有人味，沒品味，天天詛咒建築工程的巨大噪音嚇走鳥兒。

「沒有鳥叫的生活簡直枯燥乏味，了無生機。」他的破窗戶還是用廣告板貼補著，掛一條褪色的花布窗簾，他鬍子不修，頭髮不理，坐在輪椅上，垂著頭駝著背，無時不盼著社會局寄來殘障福利金。

李妍在初春櫻花盛開時節找到房子，搬了家，開始忙著整理花園，第一件事就是在花園種一棵櫻桃樹，她還計畫將樓上面對櫻桃樹的房間改裝成有壁爐的大浴室，臨窗擺個四角大浴缸，生活的美好和希望，就從那棵小小的櫻桃樹開始萌芽茁壯。

第三者

席揚在馬蘭家的第七個晚上，馬蘭帶了一個長髮青年回來，那種以為自己帥，自戀又自負的所謂藝術家的一種男人。馬蘭還是當年的馬蘭，年紀絲毫沒有改變她對待男人的態度。

已經很晚，看樣子這個叫大風的男人是要留宿的。馬蘭說大風只是路過紐約，沒說他從哪裡來，也不提他將往何處去，就像是說：這人的存在和出現都只是暫時性的、偶然性的、像所有那些點綴著她豐富感情生活的小插曲，不必有主題、情節、細節的一種人。

屋裡只有客廳一個沙發床和馬蘭的臥房，一星期來，席揚日夜盼望臥室裡的那扇門，終將毫無設防的敞開著等待他的造訪。但是，顯然楚河漢界早在大學畢業那個夏天已經截然劃清，他天天只能在客廳的沙發床上異想天開。奇蹟不但沒有發生，悲劇顯然已經降臨，平空出現了個對手，用那種浪漫騎士的姿態翩然而至，氣勢不凡，大風那人看起來三十不到，正好有了一點成熟男子的韻味，但還依舊生龍活虎的青春風采，體格勁瘦高䠷，練過功夫似的靈捷輕巧。

席揚也有副好身材，五尺九寸半，七十公斤，天天上健身房做運動，算是標準身型，他並不想用這麼淺薄的表象去衡量一個人的深沉內在，只是，在這麼一個年輕而標致的男子面前，無法不對自己身型外貌敏感。

大風看起來意氣風發，席揚盡量保持客人的含蓄和知禮，小心掩埋心情，避免被人洞悉心事；其實心裡滿是挫折與不堪，馬蘭由來任性，喜歡就要，交男友跟上街購物一樣簡單，在他面前也不避諱。

初見的兩人面面相覷，大風躊躇滿志，想當然以為自己將是夜裡的入幕之賓。席揚看來酸溜溜又要面對天花板失眠一夜，而且，將會是長夜漫漫，難以消受。抱怨是沒資格的，是自己執意要來紐約看馬蘭，電話裡又不敢明說，一怕她拒絕，二怕增加彼此負擔，避重就輕的說是來散心，順便看看朋友。結果，就因為自己畏縮不前，眼看著馬蘭就要投入別人懷抱，真是悔不當初。

大風一時也無法知曉屋裡男人和馬蘭之間的關係，環顧四周企圖從陳列的物品裡探索兩人生活裡的痕跡；浴室裡，一個隱祕而非常私人的窄小空間，他悉心查看一個男人可能留在一個女人生活中細微的證據；牙刷、牙膏、分開掛的毛巾，一切似乎都在理性而客氣的安全距離中；而且，那距離中還有許許多多的空隙足夠給大風一個舒適的立足點，他一點沒有從那個看起來應該是對立關係的男人裡感受到一丁點的威脅或壓迫。他從容自在。

客廳裡，兩個男人互相揣摩、打量，席揚帶著好奇和警戒，又極力要表現自己的風度和優越，小心謹慎的問候著，仔細挑選著無關痛癢又不至無聊沒趣的話語應對著，都有不知彼此是何方神聖的猜疑和好奇。

馬蘭只是簡單介紹兩人姓名，好像有意保留，又似故意迴避，讓人摸不著頭緒，又不敢隨便亂問，怕造成任何一方的尷尬。席揚以為自己身分特殊，雖然是久遠過去從未被確認的單戀對象，總抱著起死回生的幻想和期待。大風理所當然以為馬蘭喜歡才帶他回家。他只是沒料到家裡居然還有個來路不明的第三者，自己也傻了眼。這女人到底有什麼打算？還頗費猜疑。

兩個男人心裡暗自思量：到底馬蘭將與誰同床共枕？

馬蘭在臥室裡打電話，門半開著，聲音低沉溫柔，聽得出來是和一個男人親暱的對話，那之間沒有一點縫隙容外人的侵入，讓人嫉妒卻又無奈。

從房裡出來，馬蘭肩頭背了個袋子，裡邊鼓鼓的裝了東西。她跟客廳裡的兩個男人說：她馬上要出去，已經叫了車，五分鐘後在門口，她去朋友家，第二天晚上才回來。說完，轉向大風：房間已經整理好了，毛巾和牙刷放在床頭邊，有問題找席揚就是。

晚安！明天見！馬蘭一閃就開門離去，留下兩個錯愕的男子呆在一邊，大眼瞪小眼。

原來，誰都不是贏家，還有一個半途殺出的程咬金，這是先到的席揚和後到的大風都料想不到的。兩個被遺棄的男人，相對無言，才知同是天涯淪落人，相逢不必曾相識。

席揚到底是先到的客人，也想表現自己和馬蘭之間久遠相知的歷史，一時就以難兄難弟的愛心，體貼的問大風：想喝點什麼？其實，自己也不太清楚馬蘭的冰箱裡有什麼飲料，酒櫃裡有什麼酒？

大風說要威士忌。席揚在廚房裡翻箱倒櫃，出來時空著手，面有難色。

喝別的可以嗎？他苦笑一下，洩漏了自己也不太熟悉這屋裡狀況的困窘，顯然不是在這屋裡生活的人。

大風說：隨便，完全沒注意到席揚臉上的窘態。

席揚回廚房煮咖啡，一邊思量自己處境一邊調整心情。

面對面坐下的時候，終於有機會互相端詳了彼此。在大風眼中，席揚是那種安閒穩重的做學問的人，連體型臉孔都是四平八穩的，個性可能有點偏執，但對工作認真，對愛情專注，會是個負責任的好丈夫，但不會是個有情趣的好情人。大風從神色揣度席揚的心理，並以為馬蘭和他並不匹配。

在席揚眼中，馬蘭並不合適大風那類型的男子，雖然不認識大風，但從他跨著兩條長腿躺臥在沙發的坐姿，席揚已經嗅到一種頹廢感，一種目中無人的放肆。馬蘭多年來飄泊流離，她需要的是安定穩固，她率性，不受管束，是個不肯長大的野姑娘，需要的是守護她的人，席揚天生對她有分責任感，打從初識就已經具有的關愛。

兩個男人各懷心思，誰都不知道對方和馬蘭到底是怎樣的關係？席揚年紀大些，處處以長者自居，總想用一些細節和瑣事來顯示和馬蘭關係的特殊，潛意識裡也在護衛自己，以免這後生小子喧賓奪主，雖然主人早就棄他們而去。

馬蘭說你是路過紐約，打算留多久？席揚問，以為他很快就離開。

不一定，看情況。大風說：西岸有個博物館有興趣給他辦展覽，要過去先和 curator（策展人）談談，紐約也想看看辦展覽的可能性。

大風做的是裝置藝術，一種拼拼貼貼，搞來搞去，不能用也無法賣的莫名其妙的東西，席揚對所有前衛藝術都抱同一態度，他覺得現代人已經失去對待藝術的真誠，為了生存和名利，人人都在標新立異，譁眾取寵。

他很想說：很久沒有看到震撼人心的好作品，想了想，還是沒說，避免談起藝術這樣嚴肅而空泛的話題，而且，對大風那一頭又黑又亮的比女人還漂亮的頭髮，實在說不出是嫉妒還是因嫉妒而產生的反感，直覺他的作品肯定和那一頭長髮一樣：造作、誇張而自戀。大風偏偏不時用手去攏攏後面的馬尾，好像馬不時需要甩甩馬尾，作作姿態。

席揚分分秒秒放不下的心事是大風和馬蘭真正的關係，只是不好開門見山，但是，客套幾句之後，還是無法忍住。

「你和馬蘭怎麼認識的？」席揚特別把話說得輕輕淡淡，努力裝出隨便問問，並沒有特別意思的樣子，一邊拿起茶几上的木雕長頸鹿把玩著，其實心跳如鼓，尤其說到馬蘭名字的時候，舌頭差點打結，很久沒犯的老毛病幾乎發作。

「在紐約認識的，」大風說。原來他有個曾在紐約設計學院念服裝設計的姊姊和馬蘭同班。這回從上海經東京到紐約，是為了聯繫畫展的事，姊姊帶他去下東城朋友家的舞會，一群人輪流敲著鑼鼓跳舞，馬蘭把裙子撩得高高的跳騷薩（salsa），那種渾身帶火的女人，大風鼻尖嗅嗅就聞到了氣味，男人和女人之間有一種屬於本能和直覺的神祕感應，只要頻率對了就能互相吸引，完全不必費勁搜索。他們互相發現，在舞會狂野激烈而混亂的喧囂中，那一雙閃閃發亮的眼睛看透彼此火熱的內心。

馬蘭淋漓盡致跳得渾身大汗。大風神不知鬼不覺的舞到她身邊，擺動著身體，呼應著馬蘭的節奏，迎合著她身體的韻律，天衣無縫的一對舞者，無需言語的默契。

大風舞到馬蘭跟前，眼神熱烈的盯著她，身體隨著音樂的節奏若即若離的挑逗著、誘惑著、追逐著、遊戲著，直到彼此融入了對方的氣場裡。大風被她的熱勁和狂野著迷。

他們互相探索，彼此迎合。九月的濕和熱。三十八度的吻。

舞會裡太熱、太吵。到了門外，清盈的月光，沁人的風。馬蘭想要逃離到任何一個無人的沙漠、草原或森林，遼闊或幽深的天和地。

他們扔下喧囂的舞會，扔下大風姊姊，在街口攔了輛計程車直奔東河對岸的布魯克林橋頭，並肩坐在巨大的橋墩下，望著對岸華爾街摩天大廈的輝煌燈火，水面上粼粼金光。兩顆狂熱的心逐漸就安靜了，舞會裡那些群魔亂舞似的瘋狂男女，鑼鼓的喧囂都隨著河水退到了黑暗的深處，夜有一種清明，還有一種神祕嫵媚。

大風傾過臉吻了馬蘭。她輕細柔弱的回應著，月光下的臉容寧靜而憂傷，和她在舞會裡的瘋狂判若兩人。他不明白，憂心的道了歉。

「不！我只是忽然覺得寂寞而已。」馬蘭說。

大風激動的擁抱了馬蘭。那一霎，電光石火，天地動容，第一眼看她，已經預感是這樣，事情到底也就發生了，大風有太多這樣的經驗。只是，這一回也許太自信了。他以為他完全理解馬蘭這樣的女子。

席揚聽著，對於大風的高調放肆沒有任何意外，這也是典型馬蘭式的愛情故事：直覺、感官、一見鍾情、孤注一擲、放任一搏。她完全沒有耐心談精神的、抽象的，比皮膚更深入一層的內在心靈，對她來說，沒有比感官知覺更具體真實的東西。

「現代人太虛偽。」馬蘭早就說過她不相信語言、文字、道德、種種人類粉飾自己的面具；包括她對他的敵意和防衛也是一種虛偽。席揚固執的以為，馬蘭是因為不敢愛才逃避，他不明白為什麼她可以隨便對一個陌生人動情，卻不能給自己即使只是一次的機會？越不明白，越想追根究柢，馬蘭就越躲得厲害。

那是從前。現在她不躲了，只是一味禮貌、客氣，像一層冰一樣，把她和他之間冷冷的隔開。席揚痛恨那種冷漠，彷彿全世界的男人她都可以動情，唯獨對待席揚像個絕緣體。

大風看得一清二楚：席揚極力在掩飾內心的不安和猜疑。顯然，他對馬蘭的一切未必理解。

「你呢？和馬蘭認識很久了？」大風問。

席揚費力的喝幾口咖啡，才慢條斯理的說：他們在大學裡同系不同屆，馬蘭比他小四歲。席揚沒有繼續下面的情節，那其實是改變他命運的時刻。從迎新會上第一眼看見小學妹那一雙溜溜的眼睛，席揚就知道自己遇到劫難，因為早有人捷足先登。從那時起，他陷入單戀的痛苦中，一直到畢業、當兵、就業、出國留學、紐約重逢，甚至這一生這一世。

馬蘭畢業那天，他特地從公司請假趕去紐約參加她的畢業典禮，給她買了名貴的 Mont Blanc 鋼筆當禮物。

「我會給你幸福！」他用全部的力氣說出這句俗爛但絕對真心的話，拳頭因緊張而捏得死硬，好像對天立誓。

馬蘭拿過禮物看了一眼筆頭上白色的雪花，知道是名貴的東西，也明白他的心意，她什麼也沒說，沒有表示高興或不高興。席揚猜不到她的心緒，開始擔憂是不喜歡他的禮物？還是不接受他這個人？

兩人沉默著走了一段路。天落下稀疏的雨滴，他們繼續無言的走著，雨忽然淅瀝嘩啦落下，兩人一路跑著避雨。到了圖書館側面的走廊下，她背靠牆喘著氣，臉上沾著雨粒，髮梢帶著雨絲，席揚望著那一張淒楚動人的臉龐，那一雙潮濕的閃耀著水珠的眼睛，細膩芳香的肌膚，她溫熱的呼吸以及起伏的胸部，無法克制的傾身吻住她沒有防備的唇，一顆心幾乎就要跳出心口。

那一霎，整個地球是翻轉沸騰的。他只知道要這樣天長地久的吻下去，擁有她。

那是一世紀還是一剎那，席揚從來不清楚。只知道自己被一隻強而有力的手狠狠推開，馬蘭面無表情的從他面前離去。席揚被那冰冷的眼神驚嚇、刺傷，不知道自己做錯了什麼？

幾個月後，他終於鼓起勇氣約她見面，她一樣說笑，好像什麼事也沒有發生，但席揚知道，那裡有一道無形的鴻溝已經形成，並且無法跨越，只是，他一直也沒有忘懷，從來也不肯死心。

出國前，他整整猶豫一年，最後決定放棄紐約而去海德堡，就為了避免距離太近而又無法親近的痛苦，但是，一到寒假暑假，他還是忍不住找理由飛往紐約看馬蘭。

這些年來，他們之間其實什麼也沒有真正的發生。雖然，他從沒有放棄追求和等待。

她一如既往的用那種不冷不熱不好不壞的態度對待他，那是他最忍無可忍的一件事，但是，面對馬蘭他還是一籌莫展。

「你們是男女朋友？」大風從席揚的深沉裡意會了什麼，不確定自己是否無意間成了第三者？

席揚不知道如何回答。他愛馬蘭，那是毫無疑問的，一個已經烙印在心中，流動在血脈的無法割捨的愛，他一輩子會這樣單戀下去。但是，他也害怕面對另一次更殘酷的打擊：那就是發現馬蘭的心已經被那個初見的男子所掠奪，所有初識男女不該發生的事都已經發生？馬蘭是個完全無法預料的女人，在她身上什麼不可能的事都可能。事情若果如此，他千里迢迢從海德堡飛來看她的一片苦心又全都白費了，眼前的男人簡直可恨至極。席揚兩隻手不安的握起拳頭，咬著牙根，心臟急速的跳動，血液在太陽穴賁張。

「是的！我們是男女朋友。」席揚聽見自己冷靜而清晰的聲音說著自己耳朵都不相信的謊言。同時還有一個遙遠含糊的聲音對他說：男人和女人做朋友，不就是男女朋友？只是一種說法，不見得就是欺騙。

席揚低著頭不敢正視大風的眼睛。但是，還是心虛的瞄了一眼。大風臉上有一種光耀，一種屬於勝利者因驕傲而散發的神采。他憑什麼自恃？席揚幾乎生氣，一個玩世不恭的花花公子，遇見一個水性楊花的女人，有什麼得意？女人有什麼了不起？不是清澀苦口就是成熟腐爛或是濃烈刺鼻，有的就只是一塊肉，粗糙至極……。席揚被自己惡劣的念頭嚇了一跳。

大風氣勢凌人，席揚有點招架不住，又不甘認輸，揚起了眉毛盯住對方眼睛，作心理戰。

大風不巧是個練氣功的人，氣定神閒。心虛膽怯的反而是席揚。由於說謊，他已經把自己弄得狼狽不堪，如今，被人先發制人，成了被動的處境，又無法再問對方是不是已和馬蘭陷入情網，那簡直是自取其辱，有如給自己綠帽子。

可是，沒弄個水落石出他又無法安心。經過一番天人交戰，他決定不顧一切必須得到事實真相，所以還是壯膽問了一句：你們的關係？

大風輕輕鬆鬆的笑問著：你希望怎樣的答案？

真他媽的！席揚幾乎失去控制發起狂來，沒想到這傢伙如此精靈狡猾，令他一時啞口無言，嚥不下胸中怒氣，又不敢發作。只能暗自詛咒，呼呼喘著氣。

大風知道自己得勢不饒人，有失厚道，馬蘭就這樣把自己帶回家，對席揚的自尊已經是一個打擊，他成了第三者，既沒有歉意，還抬著高高的姿態賣關子。只是，他其實也摸不清馬蘭的意圖，對她的行事一無所知。因此，實在也無可奉告。

席揚不肯相信。他覺得馬蘭和這個叫大風的男人，都把他的厚道寬容當傻瓜，他看得出來，男女之間一旦超越友誼的肉體關係，那之間的一舉手一投足都能透露出一種特殊的溫柔和親暱，有什麼不能說的，這樣遮遮掩掩？讓席揚有受愚弄的羞辱感。

「她是怎樣的一種女人？難道你們之間真的沒有什麼？她莫名其妙就把一個初識的男人帶回家？」席揚質詢似的說完，兩隻手不停的往左右口袋裡掏，掏出來一張皺爛的衛生紙巾，隨手就往額頭上抹，一層細細的汗珠滲進了紙巾裡。

他要找的是菸。已經戒了大半年，早失去吞雲吐霧的慾望，對菸味敏感、厭惡，此時卻迫不及待的需要一根菸，好像那一小節白色的燃燒的菸草，可以化除他的一切憤怒和煩惱，解救他的困境，還給他自由和信心。

大風看在眼裡，沉著氣，緩緩的思考著。然後說：馬蘭說她寂寞。

大風記得當時的訝異和感動，天地無聲，只有她的呼吸，他的心跳，他完全可以觸及到她內心深處的脆弱孤獨，對生活和愛的迫切渴望。

料想不到的是：外表她看起來像個旋風似的女子，成天馬不停蹄的跑，永遠忙不完的事，見不完的朋友，接不完的電話，用不完的精力，她哪來時間和力氣寂寞？大風記得當時緊緊把她抱在懷裡，想給她所有的愛和溫柔去安慰她寂寞的心。他為一個女子的赤裸坦白動了心。

席揚黯然神傷。馬蘭從來沒有對他說過一句知心的話。她一貫客氣、禮貌、得體，尊重他像個不可冒犯的聖人，那不是男女之間的情愛關係。他寧可她任性、潑辣，毫無掩飾的顯現自己。但是，她不會給他這樣的機會。她總是小心的包裹著自己，讓席揚終身懊悔畢業典禮那個雨天情不自禁的一個初吻。他一輩子的純真從此蒙受了羞辱。

「她是個非常情緒化的人。」席揚說。他還想說她善變、不負責任、濫情……。可是，他沒法開口。邏輯上，他不應該在另外一個情敵之前說自己心儀女子的壞話。想到這裡，他改口又說：馬蘭是個複雜的人。

席揚心裡清楚：馬蘭是個不甘寂寞，不斷追求，對生活從不厭倦的精力無限的女人，自己生活單調，總盼望一個女子的熱情帶給他生機和樂趣，他自己笨拙老實，只會苦幹，像條蠻牛，一心一意甘為心愛女子做奴隸，任她驅使。

他心底有一首為馬蘭而唱的歌：

在那遙遠的地方，有位好姑娘，她那活潑動人的眼睛，好像晚上明媚的月亮，
我願變一隻小羊，跟在她身旁，我願她拿著細細的竹鞭不斷輕輕打在我身上。

他真想變成她的一條牛，不只是羊而已。

但是，似乎，他應該給那野心勃勃，蠢蠢欲動的大風一點暗示：讓他知道馬蘭

天性不受約束，是一個喜歡自由，來去自如的率性女子。希望他知難而退，他不能讓大風得逞。

「總之，她是個善變而且不甘寂寞的女人。」席揚做了結論。大風坦白說：他就喜歡馬蘭那樣無拘無束、瀟灑自在。

席揚就知道自己老了，無法將年輕的魯莽衝動當熱情。他總是冀望：馬蘭終會有厭倦飄泊流浪的一天，總會有需要停泊靠岸的時候，孩子的遊戲總會結束，歡樂會有休止符；他不斷的告訴自己：馬蘭是個拒絕成長的孩子，總有一天，她會像寓言中那隻貪玩的螞蟻，在天寒地凍時，驚覺玩過一個夏天，倉庫沒有糧食，漫漫長冬難度過。

他要成為她最後的避風港。

席揚納悶：眼前男子不過是途經紐約，不會久留，他到底存什麼心？對馬蘭有什麼企圖？兩人之間一個晚上的交情到底能有多深？深到靈魂和肉體的幾寸？幾尺？幾丈？馬蘭難道會對這種玩世不恭的男人輕易獻身？萬一，馬蘭真是喜歡這個男人，礙著在他面前，不好讓他太難堪，又不知怎麼下逐客令，才索性扔下他們兩個？自己一走了之？或者，她真有比他們兩個更好的選擇？

左思右想，席揚真不明白馬蘭，他從來也沒有明白過她的所作所為，他就是這樣無可救藥的盲目的愛戀著她，好像前世欠了她情債，這一生注定要受到這般折磨？

無論如何，如果她不喜歡這個男人，對他沒用任何意思，她完全沒有帶他回家的必要，這事越想越蹊蹺。席揚被自己的胡思亂想弄得煩躁不安，坐也不是，站也不是，摸來摸去，就恨口袋裡為什麼沒有一根菸！

Have you had sex with her? 席揚終於把那句忍在舌尖上的話吐了出來，這句話用英文說比較容易出口。說完卸下千斤重擔，卻又為那唐突赤裸的問題而羞紅了臉。這一生面對過不少重要場合，從沒有像面對這場景更難堪，沒自信，沒尊嚴，像個罪犯似的，再也無法正視眼前一個什麼都不是的年輕男人。

大風愣了一下，沒想到席揚會這樣單刀直入。但是，看了席揚那侷促難安的窘狀，心裡不免同情起這個身為學者的大男人，一面又替馬蘭感到委屈：有這麼一個瑣碎而乏味的男友，她抱怨寂寞是非常可以理解的了。他和馬蘭之間根本還沒有到那地步，只是兩個人互相喜歡是不容置疑的，互相都願意給彼此最大的機會去發展最大可能的關係也是肯定的，如果真的上了床也是自然不過的事。雖然，他們只是熱烈的擁吻了對方，彼此互相愛撫了身體。

大風本來應該安慰席揚，但是，不知道為什麼，他直覺馬蘭是和自己親近的，他們之間的親密一定超過她和這男人多年來的感情。愛情就是這樣沒法解釋。他這時方才確定明白馬蘭和自己是戀愛著的，就在同眼前的男人談論著她的時候，回想著她的吻，她的眼神，她柔軟的指尖……，他看到愛情閃爍的光和熱。

「是的！」大風點頭表示自己和馬蘭做過愛。這是謊言，他一時心血來潮，就想看看對方將會怎樣反應。他知道自己使壞。但是，他沒法制止自己去調侃一個過分嚴肅而緊張的男人。

「She is a wonderful lover!」大風故意還加了一句。

席揚像個受到驚嚇和羞辱的孩子，一臉倉皇、錯愕、絕望、無助。當他想到自己用了 sex 那字眼的赤裸，本來想用含蓄一點的 sleep，但又恐怕那字眼曖昧不清，結果就不可抑制的使用了最直接的字眼，無可避免的顯示了他對馬蘭和一個陌生男人一拍即合的鄙視，就像俗話裡的 fuck（操），而非靈肉交融的 love making（做愛）。他不忍動用最粗俗的字眼去污損心裡所愛慕的人。

席揚警告大風：馬蘭是個喜新厭舊率性而為的人。

在大風心裡，愛情本來無法預料、不合理性、不受道德、責任約束，純粹的愛是感官的，直覺的，一觸即發一拍即合。

「你覺得她快樂嗎？」席揚最後問大風，那其實是自己心中的疑惑。

「她是太陽！」大風毫不猶疑的說，「她的生命會燃燒，發光，發熱，她自信，所以自由，無牽無掛，來去自如。」

這些話一句句像刀一樣割痛席揚的心。年輕人狂妄無知，不切實際，把任性當浪漫，把不負責任當瀟灑自由。

「她是月亮，」席揚不服的說，「一個神祕的，陰性的，縹緲的，難以接近的，抽象虛無的映照體，沒有太陽的光，她就只是一塊沉靜冰冷的球體，一個需要愛才能發熱和光的女人，她沒有能力愛，她從來沒有愛過，她是用感官慾望過生活，需要不斷的刺激，她的心是石頭，沒有生命的星球，冰冷而寂寞。她需要被愛，她從來沒有真正的快樂過。」

「她知道自己要什麼，不要什麼。」大風說。

「你還不夠認識她。」席揚不甘示弱。

大風已經覺得話題變得乏味無聊，說聲，晚安！要睡了！

席揚只能摸摸鼻子，憮憮的結束話題。

此時，附近教堂傳來鐘響。夜已三更。

兩人也就懷著心事，一前一後回房就寢。

兩個男人各自擁抱著棉被入夢。大風睡在馬蘭的床上，被單散著她的溫暖和幽香，一個甜蜜的想像，即使孤枕獨眠，他還是有一種優越和得意。

黑暗中，席揚蒙著臉在被子裡咬牙切齒，他恨自己，恨馬蘭，恨那個叫大風的男人，但他所能做的也只是從齒縫間迸出一句除了自己以外誰也聽不見的「他媽的！」

冒生

齊孝威家裡來了一個身分不明的女子，穿著桃紅皮衣，迷彩軍褲，頭髮黑得決然霸道，眼睛犀利如貓，一看就是不好招惹的厲害婆娘。

開門見山，女子見了齊孝威的妻就說：「我是范曄，找齊孝威有話當面跟他商量。」直接坦率，公事公辦的簡單明瞭。

齊孝威的妻很納悶：眼前是什麼來路的女人？找齊孝威有何貴幹？

齊孝威地道是個居家宅男，大學的教職很單純，私下跟學生也少有互動，平常在家，私隱得像隻害羞的貓，嗜睡的狗，不是窩在床上面對電腦，就是懶在沙發看電視。他最不喜歡不速之客，因為很可能沒刷牙沒洗臉，身上還披掛著睡衣，最糟的是還沒戴上假牙，簡直是無法見人的醜聞一樁。

眼前這突如其來的年輕女子，以如此強勢姿態出現在夫妻的生活空間，表明了有事面談，勢不可擋的急迫。

齊孝威的妻看一眼女人身上的粉紅夾克、迷彩軍褲，也沒打算多問，懶懶的，她說：「齊孝威還睡著呢！不到中午大概不會起床！」他夜裡看球賽，沒球賽就玩電腦裡的撲克遊戲，或者其他不可告人的網路情色活動，妻子反正不過問，她自己也有不願意被人探問的私生活，兩人心照不宣，盡量維持表面和平。

自稱范曄的女子索性直言：「一點私事，跟你說也無妨，遲早你也需要面對，雖然與你沒有直接關係，很冒昧，你應該就是齊孝威的作家太太吧？」范曄眉宇之間缺乏善意，那種我行我素的任性嬌慣。

「請說吧！」妻豎起耳朵洗耳恭聽，準備迎接的是不可知的戰勢，眼前女人的眉眼盡是刀箭銳利。

「我肚裡懷了齊孝威的孩子！」范曄看一眼齊孝威妻子，以為她會有所反應。齊孝威的妻出人意外的不動聲色，一副事不關己的冷淡漠然。

范曄說：「放心！這不是我要見齊孝威的主因，我也絕對不會要齊孝威負任何責任，孩子是我自己決定要的，我會負責養大！將來孩子出生也不會跟齊孝威有任何瓜葛，只是道義上我應該告訴他！不過，其實，不說也不影響什麼！」

「既然如此，何苦來哉到這裡找齊孝威？」妻子不解。

范曄再次強調：身體是她的，她有百分之百的權利要這個孩子！沒有人能改變她的決定和動搖她的意志！她只是覺得：不想占了齊孝威便宜，害他吃了暗虧，所以還是決定讓他知道，自己良心會好過些。

這說法很奇怪，齊孝威占了你范曄便宜，弄大你肚子，吃虧的應該是女人啊！怎麼是相反的邏輯？妻子有點困惑，但她並不真正關心丈夫跟女人之間的牽扯，何況這也不是第一回！關鍵在於：她並不喜歡范曄身上的粉色夾克綠色迷彩軍褲，而且，既然是自己決定了的事，又何必來此申述張揚？

齊孝威妻子成天寫小說、編故事，外遇自殺情殺仇殺，故事裡的人生轟轟烈烈，現實生活裡，事到臨頭，一貫也像對付小說裡的虛構世界，冷眼旁觀。她讓那個叫范曄的女人進屋，給她煮了一壺咖啡，叫她慢慢喝，耐心等著，齊孝威睡夠了自然就會起來。

隨後，反身進臥房，將自己打扮得光華四射，帶了幾件換洗衣物，拿了電腦、背包、手機三樣寶貝，瀟瀟灑灑，開車出門離家，把煩惱拋在身後，眼不見為淨，爛攤子讓齊孝威一個人去收拾，她不想介入他們的瓜葛。

齊孝威睡到近午才起身，穿著內褲睡眼惺忪往廚房去喝水，經過客廳，乍見沙發正襟危坐一個不是妻子的女人，詫異從哪裡來的稀客？妻子又去了哪裡？屋子裡怎麼不見人聲動靜？

范曄先開口：那個說話慢條斯理的女人應該就是你的妻子吧？她一小時之前已經開車出去了。

請問你是誰？為什麼在這裡？齊孝威愣愣的望著眼前女人，莫名所以。

貴人多忘事，但是，沒關係，那完全不是重點，我來是要告訴你：齊孝威，我肚裡懷了你的孩子，不過，一點也不要擔心，我不要你負責任，只是要讓你知道這件事，感謝你幫了我大忙，成全我一樁心願。

你在胡說什麼？簡直莫名其妙！齊孝威一聽就破口大罵：太荒唐了！你這是誣告我、欺騙我、陷害我……。我跟你無怨無仇，你居心何在？

罵完，齊孝威又有點心虛、納悶，男女事他一貫風流倜儻到處留情，從未認真去記住那些女人的姓名、樣貌，沒準就遇到存心占他便宜的女人？他自認低調，從不甜言蜜語用嘴巴調情，他深諳女人的身體語言，透視她們的心事，即使只從背後看著女人走路姿態，約略就能判斷女人內裡情慾的溫度或是寂寞指數，因而總能一拍即合，鮮少失誤。在他看來，這是生物世界裡求偶的原始本能，文明的說法就是兩情相悅的默契，身體愛慾的自然交流，完全合乎天道人事。

范曄說：我是你辦公室祕書范嵐的妹妹！我沒有存心要騙你或害你，那就是我所以來找你的原因。

這一說，齊孝威更困惑，他曾聽祕書范嵐說過：有個單身獨居的妹妹，總是奇裝異服，年過三十，一直想要有個孩子，但是不打算跟男人結婚。

齊孝威以為單身女人要孩子，理所當然是去領養，此時方才恍然：莫非自己意外成了孩子的父親？這麼一想：昏沉沉的腦袋立刻驚醒過來，迅速將半年來所涉及的女人在腦子裡掃描一回，卻怎麼也想不起經手過眼前這名自稱范曄的女子？

不要害怕！范曄神態輕鬆的安慰齊孝威：我不會給你任何麻煩，只是為了心安，才決定告訴你真相，也是為了孩子應該知道自己的父親是誰，否則，一輩子可能都活在父不詳的謎團困惑裡，影響孩子成長的心理健康。想想看，做母親的怎麼能告訴自己的孩子，媽媽偷了男人的精子生下了你，不能讓孩子知道自己的出生是媽媽作弊得來的，爸爸完全不知道你的存在。那對孩子多不公平！我之所以決定來找你，也是基於同樣的理由：如果不告訴你，一樣對你不公平，畢竟，一個人活著，總要知道自己的身世來處，那是生命最原始的重大議題。

齊孝威不相信自己耳朵聽到的話，既然身世是一個重大議題，她怎能擅自做主，憑一己之私，隨意懷他的孩子？

我不是故意的！范曄申辯著：一切都是那個詩歌朗誦的夜晚，遇見齊孝威才臨時起意，因為正好是生理上的排卵期，旺盛的荷爾蒙讓身體充滿母性的生殖慾望。聽姊姊范嵐說過：齊孝威是學校的風流才子，性情古怪孤僻，可是很多系裡的女學生對他很著迷，當下就覺得：良機不可失。

事情既然發生了，也不全是我一個人的責任，總之，不如就面對現實，沒必要隱瞞迴避什麼，孩子也可以光明正大知道自己的來處，這就是我來此的主要目的。

齊孝威終於明白：自己莫名其妙被一個女人偷精受胎，憤怒不已，但事情是兩個人一起造成的，自己也有責任。他想了想，跟范曄說：這不是等閒小事，不可以草率任意。他完全不同意她的單方作為，不希望范曄繼續懷孕，況且，也無法證明孩子就是他的……，他需要更確鑿的證據。

范曄一聽，立刻聲明：我絕對不會去墮胎，孩子百分之百是你的，你可以不接受，但不能抵賴；關鍵是，我壓根兒不打算把你扯進來，你的階段性任務已經達成，日後不會再跟你有任何關係。這才是我要說的重點。

齊孝威搞不過固執任性的范曄，懊惱沮喪，不想平白變成一個孩子的父親，孩子一旦出世，就會長大，就要吃飯，還會思想，還有愛恨，種種想不到的問題，誰知道范曄心裡打什麼主意？又如何保證以後不會跟他有任何關聯？

齊孝威一個頭兩個大，心想必須要採取行動，阻止事情繼續發展。他跟范曄說：需要一點時間處理，改天再跟她好好商量。

不用不用，范曄說：你只要聽見了，知道了，就足夠了！如果忘記那就更好，日後不必有心理負擔，我要的只是道德良心上的清白而已，不是現實的責任！你放心！

送走范曄，齊孝威心裡苦悶躁鬱，那個胎兒的存在成了腦袋裡揮不去的疙瘩，讓他坐立難安。

三個月前那個詩歌朗誦會的夜晚，范嵐姊妹倆一起到大學的劇場來，齊孝威當然知道范嵐，辦公室打印收發文件，天天見面，但私下並沒什麼交情，只聽她提過：單身的妹妹想要借男人精子生子……。他聽過即忘，范嵐那個女人很八卦，他從沒認真聽她的東家長西家短。

朗誦會在大學的露天劇場舉行，半圓型劇場坐滿了聽眾；泰半是那些時尚的文青男女，齊孝威和妻子在後座一角。散場時，妻子遇見一個頭髮染了一撮白的黑衣男子，說有話要跟她私下談，讓齊孝威稍等一會；說著，兩個人就往邊角的出口走去。齊孝威想告訴妻子：不如他先走一步，他們可以慢慢談；沒想到一轉眼妻子就消失在散場的人潮裡，人頭鑽動，老花眼沒戴眼鏡，根本看不到妻的人影。齊孝威在出口等了一會，以為妻子可能去了洗手間，就往廁所方向走去，在門口又等了一陣，也沒見她出來，回到劇場出口，卻發現妻子和男子正要離開，齊孝威叫住她，發現男人的一隻手順勢搭在妻子的腰肢上。

齊孝威叫住妻子，妻子停下腳步，反身朝齊孝威揮手示意道別，還故意曖昧的的眨了一隻眼，那意思是：我走了，就這樣啦！

齊孝威的臉皺成苦瓜，看著他們並肩在自己眼前走遠，心裡酸澀苦楚，就是這樣，又是這樣，她從來就這德性，想做什麼就做什麼，包括結婚以後繼續過她單身少女時期的社交生活，繼續會見那些跟她相好的男子，不以為一紙婚約就該斷絕她和異性朋友的聯繫。

齊孝威從沒開口詢問她個人的事，那就是他們共同默認的開放性婚姻關係，自私的保留了彼此的隱私以及相對的自由。他有什麼牢騷好發？

這也不是第一次妻子給他戴綠帽，但都是他不在場、不知情的情況，這樣眼睜睜看著一個比自己年輕又比自己帥氣的男人，當著他的面摟著妻子的腰一起消失在眼前，徹底瓦解了他作為一個丈夫和男人的自尊。

齊孝威很難嚥下那口怨氣，一個人點了菸，大口大口的噴吐著，范嵐姊妹不巧正要離去，見了齊孝威熱情的朝他揮手，他此時最不想遇見的就是聒噪的辦公室同事。

多事的范嵐見了齊孝威一個人，吞雲吐霧愁容滿臉，免不了大聲問：妻子呢？

齊孝威悶聲不答。旁邊的范曄說：她正想抽根菸，說著就伸手向齊孝威索菸。范嵐牢騷菸味難忍，識趣的告辭走人。

兩人面對面站著，各懷心事，各自吞吐，煙霧在路燈下模糊了彼此的面容。

離開一陣的妻子，忽然又折返劇場，拿她忘在座位上的外套。意外發現齊孝威從劇場後的樹林走出來，滿頭大汗，襯衣也濕了一片，但神色飛揚，滿面春風。

「躲在後頭跟誰親熱？這麼激動熱烈？」天氣不是很熱，看他渾身濕透，妻子帶著諷刺說。

齊孝威靦腆的笑笑，迴避了妻子質問的眼光，算是默認了她的指控。他習慣用這種態度面對事情，因為無力跟妻子爭辯，又無法同她吵架，她什麼事都看得一清二楚，又擅長說理，精於論辯，黑的也可以說成白的，他從沒想浪費心神為自己申辯，很多事說到底，他也不屑。

這件三個月之前發生的事，齊孝威早就忘得一乾二淨，當時心煩意亂，也沒太在意那個陪他抽菸的女子是何人，此時恍然：那個自稱懷他孩子的范曄應該就是當晚主動挑逗他的女子。

那個瘋狂的夜晚，兩人認識的時間大概只比做愛的時間多出三分鐘，做愛的時間比抽菸的時間少了兩分鐘，他們的身體比靈魂更渴望交流接觸，她迫不及待的掛在他脖子上，磁鐵一樣吻住他，連給他一個喘息的機會都沒有。

隱身在劇場後一根背光的柱子下，她以熊抱的姿態用手腳牢牢扣住他的腰背，附近還有些零星過路的人，走近了一定會發現柱子下春宮實境正火爆上演中，偷情的刺激，擔心被路人窺見的緊張，讓整個過程就像打游擊那樣，火速激烈而短暫，齊孝威根本沒注意范曄的模樣長相，壓根兒也沒在意她是何方女子。到此，他差不多可以確定，那個投懷送抱火辣銷魂的女子就是范嵐的妹妹，范曄。

結婚多年以來，夫妻兩人的生活表面上看起來平靜無波，居家日子恆定如常，齊孝威喝他的愛克披索，妻子喝她的有機花茶，他在電腦遊戲上消磨時間，她在鍵盤上敲打虛構的人生，餐桌上面對面坐著，無需言語，各自咀嚼，滋味在心頭。

表面上看起來他們都沒有意願要改變生活，但私下裡各自都汲汲在探伸觸角，努力嗅觸屬於俗常之外的一點新鮮與異趣，驚險異動的中年，他五十七，她四十五，看起來，她永遠只有十八歲，在心理年齡、裝扮上、在她偶然顯現的飄忽眼神中，在遇見心儀男子的剎那閃光中，在意識到年歲又立即否絕的困頓中。

齊孝威一向不動聲色，他以強大的自制力，包容力，繼續維持著男子漢大丈夫的寬容開放形象，兩人唯一的共識就是：彼此都不想有小孩，寧可養貓、養狗都不能養小孩。他們是一種天生對孩子缺乏耐心的大人，餐廳、戲院、旅館、超市、購物中心、凡有小孩出沒的公共場所，他們都盡量迴避，無法忍受小孩任性無理的哭鬧，橫衝直撞的魯莽叫囂，任何一個美好的假期，如果出現幾個屁孩，他們的安寧立刻受到騷擾，飯不能好好吃，覺不能好好睡，完全無法享受一段清閒幽靜的美好時光！失眠還要造成頭痛、沮喪。

妻從少女時代就已經確定自己將來絕對不會要孩子，她也抗拒懷孕生子的所謂女性天職，怕生了孩子身體變形人變老，養孩子消耗太多心神體力，占用太多時間，也怕萬一太愛孩子，忍受不了孩子受苦發生意外，更怕養了難以管教的叛逆孩子活活氣死自己……，總之，孩子生下來就是一輩子無法擺脫的責任，妻承認自己很自私，不想要為任何人犧牲自己的寶貴生命和時間。

妻子面對問題的辦法就是：打扮得漂漂亮亮，讓自己開開心心，帶上貼身情人（平板電腦），開車上山去她長期租用的民宿套房寫作、冥想。

齊孝威早就習慣妻子是那種經常會無故失蹤的人，比如心血來潮，突然去參加什麼靈修會，或飛到西藏參佛、到泰國學烹飪、或飛到香港吃大閘蟹、或去韓國做全程的美容護膚等等……，也會突然染黃一頭鬈髮，換一身妝扮回來，她是那種面對問題都用極端手段去擺脫煩惱的人，並且相信：世界上沒有什麼不可能的事！

妻子面對丈夫在別的女人肚子留種的事，首先問自己的是：有多愛自己的丈夫？如果不愛，就由丈夫自己去收拾爛攤子，隨他愛怎麼就怎麼；反正，這些年來，有沒有丈夫就像吃不吃巧克力？看不看電影？甚至做不做愛一般，可有可無的生活附帶品。巧克力還有不同風味，電影還不時令人驚嘆，丈夫卻是日復一日，一年三百六十五天，無風無浪無愛無恨無感無知無想像無激情……的一日又一日的衰老敗壞下去。

被妻丟下的齊孝威，還深深陷在苦惱裡。一個人在家，越想越不安。他不要孩子，鄉下母親生了九個，餓死兩個哥哥，病死一個妹妹，他不想回顧自己童年的慘淡，他生性孤僻，也做不好父親，書是他遁隱的安全世界，一個小小的教職，他可以安身；那個夜晚，徹底就是一個錯誤加上意外，一個人怎麼能為一個晚上的行事，負一輩子的責任？他根本連想都不敢想。

而且，他無法面對一個有血有肉張著嘴巴哇哇哭叫的嬰兒，他怕那個柔軟的來自慾望放縱後的罪孽生命，他不相信那一點偶然的貪欲，會在生命造成無法滅絕的孽緣，他無法想像那個錯誤出生的錯胎從此在世間繁衍他的族類，他看清自己的懦弱自私與無情，基本上就是一個厭世者，並不喜歡自己的存在，不喜歡做人，好不容易把自己安置在書本的世界裡，還是被那不時造次的慾望得逞。「骨肉」那字眼讓他心驚肉跳，血肉模糊的生產過程與痛苦，讓他回想做人的苦難以及童年的戚寂，如何讓一個小生命重新經歷過自己成長的苦澀與艱辛？

一定是范曄的預謀！或者是妻子預設的陷阱？因她有了新歡，計謀要私奔？

齊孝威越想頭越疼，服了顆阿斯匹靈，倒回床上蒙頭繼續大睡，下午的課一時也顧不上，好不容易睡了過去，偏偏一睡著就作噩夢——

夢裡，范曄抱著紅咚咚軟趴趴的初生嬰兒，帶著七老八十拄著拐杖的母親，姊姊范嵐和姊夫，聲勢浩大來到他家門口，還有范曄的叔叔阿姨，弟弟妹妹，妹妹的男友……，他們一起都要來和齊孝威共同生活，他們要一個五代同堂的幸福家庭。

他們一起為孩子命名「冒生」，在翻雲覆雨的情慾中冒然出生的不速之客。他們都非常熱愛那個孩子，異想天開，夢想著要像一家人那樣共同生活，都說那樣相親相愛非常溫暖幸福。

齊孝威從夢中驚醒過來，嚇得滿頭大汗，他哪裡要這麼多狗男狗女一起過日子？

真擔心范曄一家人真的聲勢浩蕩找到家門來興師問罪，他緊張得大氣都喘不過來，頓時覺得自己像隻掉入陷阱的困獸，走投無路，求助無門；一時血壓飆高，胸口劇痛，那個平靜無事的居家生活，連貓咪都是輕手輕腳的寧靜空間，突然像戰場一般，起了騷動與混亂。

范曄走後，妻子一直沒有回來，說她在山上寫長篇不要去打擾。范曄也避不見面，說她要安心養胎，不能受干擾、刺激，但非常感謝齊孝威的明理寬厚，讓她的夢想成真，齊孝威可真是她的命中貴人，送子觀音，她一輩子都會感恩戴德。

辦公室裡，齊孝威聽范嵐說：她那個一直弄不清楚自己性向的妹妹，從小就不確定自己要愛男生還是愛女生，弄到後來就光想要一個孩子，因為到了一種需要繁殖生育的生理需求；愛情不可求，男人不能愛，孩子卻是一件可以琢磨塑造的單純生命，還複製著自己身上的基因，繁衍著自己靈魂的根性，從一個受精胚胎的孕育成長，她有機會看到生命的奇蹟。多年來處心積慮在尋找願意捐精的優秀男子，范曄不想去精子銀行找一個沒有面目身世的編號精子，她需要確定孩子有優良健康的基因，來自正常可靠的男子。

找了好久都遇不到一個合適的機會，齊孝威運氣不好，被求子心切的范曄碰上了！

隨著范曄一天天變大的肚子，齊孝威陷入深度的憂鬱煩惱，范曄不曾給他任何麻煩，除了懷孕初始，親自到家裡來告知以外，她從不打擾齊孝威的生活，齊孝威也無需關心或負責她的生產，他所憂鬱的是那個非自願卻無法停止生長和出生的胎兒，那個未來的小生命威脅著他生活的日夜，讓他白天煩惱，夜裡失眠，怎麼也消除不掉有一個由自己精子分裂出來的生命在一個陌生女人的子宮日月成長。那胎兒已經成為他內心的精神腫瘤。

妻子自從見過范曄，聽聞和齊孝威懷胎的事，出走以來的幾個月裡，只回來了三四次，每次回來帶走衣櫃裡幾件衣物和書房裡幾本書、CD，禮貌而且愉快的問候齊孝威一個人的日子過得如何？妻看起來神采飛揚，精神奕奕，一點也不像遭受情傷的不幸女人！相反的，她有一種豐盈飽滿的幸福洋溢在臉上，令齊孝威深受打擊！妻子顯然在別處孕育著一種神祕而豐腴的幸福，讓她宛如回春少女！自己卻像久病的老狗，狼狽消瘦無精打采！

半年後，范曄平安產下一個臉大耳大眼睛細長如齊孝威的健康女嬰，體重二千八百六十克，范曄抱著小生命在懷裡，親著她的小臉頰，歡喜激動得淚流滿面。

離家半年，完成長篇新作的妻子，欣欣然回到家裡，向齊孝威宣布：她決定和范曄一起撫養那個嬰兒，她意外覺得幸運而且幸福，人世間竟有如此神奇的機緣，不費吹灰之力就能降臨到生命裡的寶貝孩子；她原來是個害怕生產逃避母親天職的女人，長期以來日夜顛倒的不正常作息，她的內分泌系統早就失常，月經無法依循日月運轉潮水起落的自然節奏，亂無章法，她根本以為自己體內的生機早已滅絕，永遠不可能孕育生命，也從未打算生兒育女。

基於對同是女性的關懷以及強烈的好奇心，在獲知范曄生產的消息後，她去醫院探望了產後的母親和剛出世的嬰兒，沒想到剛抵達人世不到四十八小時的嬰兒，眼睛都無法張開，竟然緊緊抓住她一根手指，久久不肯放下，那種強烈的牽連令她心房顫動，認定了那是一種緣分，讓她相信：這孩子的到來，並非沒有原因，為了那個神奇的機緣，她願意用自己的一生去關心她的成長！雖然，孩子一哭她就嚇得不知所措，但她顯然極樂意學習如何抱嬰兒，並且認真去分辨孩子哭是因為肚子餓了？還是尿布濕了？抱著孩子在懷裡，喚醒她一種原始的母性自覺，那包含對生命的期待與熱愛。

妻給自己找了個好理由：既然齊孝威是孩子的父親，那她理所當然就是孩子的大媽了！

齊孝威為此抑鬱成疾，他相信那是妻最狠毒的報復，要不，就是她又開始虛構的一個小說人生？他懷疑，兩個女人自始至終就是共謀，他不幸成為一個無辜又無法申訴的受害人！他無法不為自己一時的貪慾懊悔終身！

慾望雨露滋潤

媽咪在日記上寫著：慾望雨露滋潤。

日記攤著擺在桌燈下，亞庶不小心看見了，六個寓意含糊的字眼，讓十歲不到的他困惑良久：這是媽咪的煩惱和祕密嗎？

夜裡近十時，巷口不時還有人聲笑語，宮崎駿的動畫《幽靈公主》剛結束，片尾音樂一響起，亞庶就陷入悵惘又焦慮的複雜情緒，不情願離開動畫的驚險刺激，又期待著媽咪回來，帶給他愛吃的焦糖布丁。

該是刷牙洗臉上床睡覺的時候，他豎著耳朵傾聽樓下動靜。

老遠，就能聽見門外的笑聲，放浪，張揚，歡樂而且富有感染力，聽起來就叫人愉快，那笑聲就像是一種功夫和道行，是修煉得來的。那就是亞庶的媽咪，個子嬌小，眼睛斗大，奶子豐滿，渾身像個霹靂彈充滿飽脹的精力，頭髮短得像男孩，穿寬大的襯衫，戴誇張的帽子，化濃濃的妝，看起來什麼都不像，因為她白天是一個樣子，晚上又是一個樣子，好脾氣的時候是一個樣子，醉酒的時候又是一個樣子，只有跟亞庶一起的時候，她臉上素淨無妝，像個真實可親的人。

小學三年級的亞庶，體質孱弱，水耕蔬菜似的嬌嫩易傷，大眼睛跟媽媽一樣，眼眸清澈得可以映照天色，個性害羞靦腆，說話像棉花糖，綿綿細細甜甜膩膩，成天黏在媽媽身邊，吱吱喳喳像麻雀說個不停。

黎安在三樓書房的窗口，正對著亞庶媽咪的臥室，兩扇窗之間隔著想像的空間與模糊的光影，日或夜，那裡總有撩人心思的綺麗風景；秋高氣爽的季節，窗戶半開半掩，有意無意，燈影搖曳中，穿著露肩薄衫的媽咪與亞庶仰躺在床上讀書說故事，有時嬉鬧玩耍，不時發出悅耳動人的笑聲如銀鈴，感染著隔鄰黎安寂寥乏味的心。

黎安剛來到表姊家，表姊和男友去澳洲開拖車自助旅行三星期，讓黎安替她餵魚、澆花、看房子，黎安樂得有機會離家嘗試一個人獨自生活的滋味，順便避難。黎安爸爸在北部工作，週末才回家裡，媽媽有躁鬱症，動不動就亂發脾氣，跟她在一起神經很緊張，就像隨時會踩到地雷，不小心災難就發生。

剛到不久的夜晚，黎安就注意到對面人家的臥房燈還亮著，約莫十點上下，一個瘦弱的小男孩，光著身子赤裸裸跳到臥室床上，搶去媽咪的手機，撲到她身上，緊緊摟著媽咪。

媽咪大吻小吻落在男孩紅通通的臉頰上，潔淨的身軀，天使一樣的臉容。媽咪使勁的吻，男孩掙扎著要喘氣、一邊急著要說話。媽咪吻夠了才鬆開手。小男孩興致勃勃的說著話，即使媽咪在滑手機他也不顧一切的說下去，說到自己累了，睏了，伸手摟著媽咪的腰，甜蜜的睡到夢鄉裡，媽咪伸一隻手攬著他的小肚腹，另一隻手抓著手機，眼睛一直都盯著屏幕。

黎安慣性失眠，焦慮的時候胃痙攣，和同齡的十七歲男友剛剛分了手，爸爸媽媽正在鬧離婚，家裡隨時都會有人甩門、廚房裡突然會飛出盤子，她逃到表姊的小套房，眼不見為淨，一個人的日子可以淡出鳥來，窺視對面人家窗口的動靜，成了不自覺的期待，眼睛不時離開電腦屏幕投射到對窗，臥房裡的動靜就像放大螢幕的真人秀，母子親暱的互動，男孩放肆又開懷的笑聲讓她羨慕又感傷，她渴望一個不時有笑聲歡動的快樂家庭。

夜裡做了夢，夢見男孩來到身邊貼在耳邊叨叨絮絮的說著，他們全身赤裸貼近著彼此，男孩的小手水母似的飄過來游過去，輕輕摩挲著黎安的肌膚，黎安身體如花綻放，內裡卻一陣陣巨大的虛空像雲朵漂浮而過，那虛空不斷膨脹、擠壓，男孩的身體那樣的柔弱纖細、黎安一點也不敢輕舉妄動，深怕不小心就會壓壞了那稚嫩如水耕蔬菜的身體。她不自禁的撫摸著男孩細嫩的臉龐，親吻他的眼窩、額頭，男孩調皮的鑽進被窩裡擠在她身側，伸出小手摟住她的腰身，黎安心裡滋生一股苦澀的甜蜜。她要又不敢，在夢裡心驚膽戰又歡喜流淚。

夢太逼真，太美好，讓她浸淫沉溺，以致醒來後格外戚清落寞，眷戀著男孩到了心疼的地步；令她難以釋懷；她想：這是青春期大腦裡腺體的分泌問題，人的意願所無能控制的化學反應；她胃裡一陣蝴蝶的顫動，butterfly in stomach。

週末下午，黎安在社區附近公園晃蕩，天空一朵朵烏雲聚集著，風涼涼的吹著，黎安若有所失，暗地裡期待著和夢裡的男孩在路上不期而遇。

亞庶在不遠處的公園樹下觀看一群男孩從斜坡俯衝玩滑板，他著迷於他們以險峻的姿態滑過制高點凌空降落的超高身手，總是抬著下巴羨慕的看著，自己不敢玩激烈的活動，一打球手腕就有脫臼的危險，一曬太陽就會暈眩，學校裡他最害怕體育課玩躲避球，怎麼跑怎麼躲都躲不過那個總是擊中後腦勺的球；團體活動裡總是落後，要不就落單，他只能咬指甲，就像咀嚼自己的羞恥、尷尬和不安。在咬指甲的動作中，他內心獲得一點安慰和補償。

不久，天空的烏雲越積越厚，忽然就颳起風下起豆大的雨，孩子們紛紛跑到坡下的涵洞躲雨，亞庶也跟著大夥躲進涵洞，涵洞內有幾只空酒瓶、一些菸蒂和垃圾；大家或坐或站三五成群，吱吱喳喳天馬行空的說著話。

調皮的大個子洛克突然走到涵洞口，放肆的拉開褲襠，朝著下雨的天空撒了一泡尿，亞庶不巧看到他的雞雞，羞得自己臉紅耳熱。

洛克尿完，得意的收好褲襠，看到膽小怕事的亞庶就想戲弄他，順手拿了腳邊的空酒瓶，洛克嘴角揚起一絲奸邪的笑意：「盧亞庶的雞雞一定很小，完全可以塞進瓶口裡，如果塞不進，洛大俠就光屁股給大家瞧個夠。」

一夥人都笑開了，有人說：太荒唐，太無聊的爛主意，根本沒人當真。

洛克打定了主意要戲弄亞庶，那是他根性裡的虐待狂，別人的痛苦就是他的快樂，他腦袋裡點子特別多，因為體型壯、個子高，膽子也特別大，同學都有一點怕他，不是跟在後面拍他馬屁，就是保持距離以策安全。

亞庶聽到洛克的話，縮在一旁不敢出聲，直覺大禍就將臨頭，只要看到洛克因興奮而賁張的鼻翼，他就能聞到硝煙的氣息。洛克那個惡名昭彰的壞蛋，曾經在萬聖節的夜晚把活蚯蚓包裝成禮物送給女同學，就是要看她們驚嚇失控尖叫的模樣！他隨時都在找機會奚落同學，當他瞧見瑟縮在角落哆嗦的亞庶，作惡取樂的念頭讓他血液奔騰。

洛克向大家宣布：要看亞庶小雞雞的尺寸。

亞庶嚇得本能的用雙手壓住自己的褲襠，膝蓋緊緊靠在一起，驚恐的看著洛克不懷好意的嘴臉，用無告的眼神求他饒命。

亞庶驚慌失措的模樣讓大夥樂不可支，鼓譟著要他脫褲子查驗，洛克此時拿著酒瓶大搖大擺走過來，亞庶嚇得臉色發青，胃部痙攣。

看他怕成那副德行，洛克譏諷道：試一下又不會死！膽小鬼！

在眾人面前受到羞辱挑釁令亞庶無地自容，但又害怕逃走會遭人唾棄。大家都聚精會神等著好戲上場，亞庶心裡很孤單、很恐懼，苦苦掙扎不知如何是好？

洛克刺激他：太不夠意思了吧？我都脫褲子尿給大家看了，你就那麼稀罕那根小寶貝？

亞庶想跟大夥做朋友，他不喜歡落單的滋味，如果滿足大家的期待，也許就很夠意思會被他們接受，成為同一夥的人；懷著那一點向洛克示好的強烈渴望，他終於怯生生的站了起來。

集體鴉雀無聲等著好戲上場，洛克幫他解開褲襠，拉開拉鍊，卸下褲子，遞上酒瓶，亞庶環顧四周圍觀的人群，腦袋轟隆轟隆無法思考也不知道害怕，十幾隻眼睛同時聚焦在他的褲襠，等著他的關鍵動作。

快點呀！要我動手幫你嗎？洛克逼迫著。

亞庶的手開始發抖，拒絕行使大腦發出的指令。

洛克過來，伸過手往亞庶的褲襠撈過去。亞庶猛然推開洛克的手，自己掏出小雞雞，把酒瓶往前一塞。一陣暴動的尖叫畫破天空，夾在嘩啦雨聲中。在眾目睽睽下，小雞雞完美的滑進瓶口，眾人齊聲歡呼叫好！

亞庶猶如打了一場勝戰，戰勝的是他自己，事情並沒有想像的困難也不是那麼可怖，甚至還有一絲絲被認同的幸福歡喜！

詭異的事情接著發生了，小雞雞在瓶口自動自發膨脹起來，很快就塞滿瓶口卡住不動，亞庶慌張的要拔瓶子，瓶口卻因裡面空氣受壓更難拔出，亞庶臉急著快要哭出來，孩子們見狀笑得人仰馬翻，亞庶驚恐無助的握著瓶子，害怕小弟弟會永遠塞在那兒，終於嚇得哇哇大哭。

黎安聽見孩子們的叫鬧夾著淒厲的哭嚎，疾走過去，就見亞庶雙手握著酒瓶用力扯著，胯下那個無告的小雞雞已經脹得發青。一看到黎安，亞庶連人帶瓶就撲倒在她懷裡，摟著她的脖子，放開嗓門使勁哭個痛快，把一切羞辱委屈傾洩而出。

黎安緊緊摟著亞庶，一邊安慰他：不要哭！不要哭！一定有辦法！

她心裡其實一點辦法也沒有，從沒遇過這樣的荒唐事，小時在鄉下看過交配的狗，意外受到驚嚇也會突然卡住無法鬆開，只能分頭拉扯著一邊狼狽逃命。那時以為人倫交媾都關天道大事，不容褻瀆，心裡也總是害怕：做壞事會遭天譴，即使只是打擾了作為動物的狗。因為，性，在小孩的心理是不可踫觸的禁忌。

亞庶在黎安懷裡盡情哭夠一陣，情緒慢慢緩和下來，雨也漸歇孩子們鬧夠了也紛紛離去。

黎安拍拍亞庶的肩膀說：來！我們跟小弟弟商量商量！

她從背包裡拿出礦泉水，跟亞庶說：涼快一下就好！說著，把水往酒瓶倒去，小弟弟被冷水一澆就探出頭來了！亞庶破涕為笑。抱著黎安羞卻的把頭埋進她的胸懷裡。

黎安問亞庶事情怎麼發生的？亞庶說：洛克逼他這麼做的。

你不必做人家要你做的事！要做自己想做的事！黎安告訴他。亞庶說：他只想跟大家一樣，他不要一個人。

你不會是一個人，有媽媽，還有我呀！黎安拉緊亞庶的小手，牽著他一起走回家。驟雨方歇，清風徐徐，亞庶的心中不再是一個人！

孤單的其實是黎安自己，一直以來，她總是獨來獨往，本來，有個同在吉他社團的男生，下課了一起回家，有時一起練吉他，兩人話不多，但都喜歡在一起，安安靜靜的分享著生活中簡單的歡喜或日常的瑣碎，雲淡風輕。沒瘋狂的喜樂但也沒重大的煩惱。

認識七個月以後的一天，對方毫無預警的 Line 說：覺得兩人在一起沒有當初認識時的感覺！

黎安看了訊息很受挫，但也不是特別難過，想了一下就回他：那就分手算了吧！

對方也馬上回說好。隔了不久又 Line 回來說：可不可以再見一次面？想好好擁抱一下，說再見。

黎安說：不必了！兩個人就這樣分手，簡單乾脆，毫無瓜葛。之後也沒再聯絡，交往期間一直都也不曾吵架，也沒有不愉快，平常約見一起散步、一起逛街，有時回去黎安家和媽媽一起做菜；黎安媽媽喜歡他，說他安靜斯文而且愛乾淨，是個讓人放心的好孩子。

一直到分手，黎安都不知道問題在哪裡？大概真的就是沒有感覺了吧！她也不確定那算不算戀愛？他們有接吻過，還有一次裸體並躺在一起，但是什麼也沒做。只是很好奇又很害羞而且還有一點擔心，後來就覺得很沒趣，也許，那就是分手的原因？

平常兩個人約會大都在爸爸的書房裡，聽音樂、玩電子遊戲，看日本動畫，有時親吻一下，蜻蜓點水，都不是很熱烈，不時還會有點尷尬，戀情也沒有發展到更進一步的身體接觸，好像沒有真正的開始就莫名其妙的結束；想想也好，事情很單純，沒有太多牽腸掛肚，只是有幾天吃不下飯，幾個晚上沒睡好覺，腦袋空空四肢無力，什麼都提不起勁，但又沒真的很想念他，就是想起這個人的時候，心裡很不好受，那也不是因為愛，而是用 Line 分手這件事，太輕浮草率，讓人傷心，想來想去，大概也不是真的很在乎這個人吧？誰知道？黎安一直也沒弄清楚自己的感情，十七歲，莫名其妙的一場初戀，心裡一直有種挫折感。

亞庶經歷了洛克那場鬧劇，開始出現噩夢夜尿，醫生說是非器質性遺尿，非藥物可以治療，一方面身體卻日夜滋長，小雞雞不知不覺展現出與人接觸的渴望。

酒瓶事件後不久的一個週末晚，亞庶的媽媽意外出現在黎安住處門口，畫著濃豔的派對妝，準備出門尋樂的妖嬈打扮，亞庶依偎在她身邊害羞忸怩的看著黎安。亞庶媽媽說她臨時有急事要出門一趟，問黎安可不可以把亞庶寄放在她那兒？她說得輕輕鬆鬆，好像孩子是可以寄放的包裹；甚至都沒說要去多久？什麼時候回來？隨隨便便就把孩子交付給剛認識的鄰居。兩人也只在電梯上遇見過一次，互相點頭招呼而已。

亞庶媽媽丟下他，就匆匆趕路，都沒給黎安考慮和拒絕的機會。

面對著被媽媽寄放的亞庶，一副天真無邪的無辜狀，想起不久前發生的事件，頓時覺得彼此之間被一種神祕的隱私緊緊的牽繫著，互相可以感應到彼此的心跳。

表姊十二坪大小的套房，進門右邊是浴廁和隔牆的小廚房，中間是一個長沙發對著牆上的電視機，裡邊靠窗的位置放著書桌，L型的轉角裡面塞一張雙人床，面積雖小設備卻很齊全。

亞庶說他要看《幽靈公主》，拿了遙控器，迅速轉到日本動畫頻道，一坐下來就盯著電視螢幕沉浸在劇情中，徹底忘了外面的世界。

黎安發現字幕是日文，那個十歲不到的孩子居然聽懂劇中人物的日語對話。亞庶說：看太多日劇，潛移默化，不知不覺就懂了，不只聽懂而已，他還會說，興致勃勃的說要一個人去日本，去拜訪他遷居到日本的小學同學。

所以，他心有大志，並非黎安想像的那麼膽小。亞庶說：他不怕一個人去冒險，他害怕的是：在群眾裡的落單。

原來，他們都有一樣的孤僻和自閉。

看完電視，亞庶要喝巧克力牛奶，媽媽總是縱容他吃縱容他喝，因為他瘦小羸弱，怎麼吃都長不胖。黎安給了他牛奶，他說要加可樂，邊喝邊問黎安是不是沒有爸爸媽媽，才會一個人住？

黎安的父母都有工作，各忙各的，週末才聚在一起，去麥當勞吃炸薯條喝可樂吃蘋果派，三個人平常見面的機會不多，在一起也沒什麼共同話題，各自埋頭吃自己盤裡的食物，過著簡單乏味的日子，每個人都悶悶不樂，也都不知道問題在哪裡？生活到底是怎麼回事？也許，他們不認為那是問題，生活本來就不可能總是開心歡喜！黎安在悲傷的時候，特別有存在的焦慮感，常常覺得自己在世界上是多餘的，沒有她，父母會少些煩惱，也許家裡的氣氛會快樂些。黎安總覺得媽媽是不得已才生下她的。說不定媽媽是人家的小三，有時她懷疑媽媽不夠愛她、關心她，腦袋裡胡思亂想。

亞庶說：他爸爸是個爛人！陰魂不散擺脫不了的醉鬼，喝醉酒發酒瘋會打人，亞庶有次為了救媽媽踢了醉醺醺的爸爸一腳，爸爸用鐵砂掌巴他腦袋，從此，母子倆便開始搬家的生活，搬到一個不會被喝醉酒的父親找到的地方，日子過得提心吊膽，因為不知道什麼時候會被父親找到。他不肯放過媽媽，因為他需要錢買醉。我討厭爸爸！我媽媽也不喜歡爸爸。亞庶說。

所以，他們經常搬家，因為媽咪不要爸爸出現在他們的生活裡。他們已經搬過好多次家，他都不記得住過的地方，媽媽總是說：帶他去一個安靜的城市，過新鮮的好日子。

他不喜歡搬家，新的地方沒有朋友，學校裡都是不認識的新面孔，他不知道要跟誰玩，他渴望生活裡能有不會經常改變或無故消失的東西，一些可以留在記憶裡的溫存美好。但也沒什麼辦法，媽媽說：生活就是如此，不是盡如人意，但日子總是要過下去。

亞庶的媽媽十六歲未婚懷孕，挺著肚子還吸安非他命，毒癮發作就用菸蒂燙自己手臂，外婆不忍心看她折騰自己，一邊罵一邊流淚一邊給她私房錢。媽媽生下亞庶交給外婆就離家去謀生。

外婆告訴亞庶，他從小就喜歡皺著眉頭用質疑的眼神看世界，因為他是非自願被生出來的孩子。

黎安說：沒有人是自願被生出來的，一個人的出生無法選擇。

兩個非自願被生出來的孩子，相視一笑，擁抱在一起，同病相憐讓兩顆心更貼近。喝過牛奶，亞庶睏了，給媽媽打手機，總是關機沒回應，媽咪不在身邊，他無法睡覺。媽咪會來嗎？亞庶有點不安的問。

會的，媽咪一定會來。

我會寂寞的！他煞有其事的跟黎安宣布，好像他的寂寞是需要認真對待的大事，讓她心疼不已。黎安不是愛說話的人，也不太知道跟十歲的孩子要說什麼？她沒有兄弟姊妹，習慣一個人安靜的讀書、睡覺，即使寂寞也從沒特別認真對待那回事，好像寂寞也是天生的。

時鐘已經敲過十一響，亞庶的媽媽沒來電話，亞庶睏得已經睜不開眼皮，自顧自脫了衣服就撲到床上去。就像黎安夜晚在窗口看到的情景，裸露的男孩身體像條滑溜溜的魚，她渴望把他吞進肚子裡，那是腦子裡突然閃現的荒謬念頭，卻讓她的心砰砰然跳動著。

躺在亞庶身邊，閉上眼睛，黎安任由思緒帶著她馳騁去慾望的森林。亞庶半睡半醒中不自覺的伸過手來摟著她的腰腹，就像他擁抱自己的媽咪那樣，一隻輕柔細嫩的小手在她的衣服底下，微風細雨般的輕觸著她一一甦醒過來的敏感肌膚，他需要這樣摩挲著，感到媽咪身體的溫暖，才能安心的睡入夢鄉。

亞庶忽然又睜眼問黎安：什麼是慾望雨露滋潤？他一字一句如刀刻似的把那六個字說得一板一眼，聽得黎安心驚肉跳。

黎安的心起伏跌宕如巨浪翻騰，她聽見自己的心狂亂躍動，靈魂躁動不安，為這無法碰觸的天真美麗、無邪到令人疼痛的渴念而顫慄不已。

她起身，開窗，一個人坐在沙發上，任由巨大的虛空如滔天的海嘯將她徹底吞噬。

天亮了，亞庶的媽咪沒回來，也沒來電話。亞庶打媽咪手機，依舊關機也無回音。亞庶很有主張的說要去找媽咪，他說他知道媽咪工作的地方，是一個有藍色門的透天老屋，白天不開門，晚上才有人，但有個側門可以進去，搭266號公車會經過。下車的地方有個水族館，裡面有他喜歡的熱帶魚，叫做玻璃貓，全身是透明的，骨骼一根一根清清楚楚，內臟只有一點點，不到體積的百分之五，亞庶吱吱喳喳說著，突然爆出一句：媽媽也是透明的！黎安不理解。亞庶解釋：媽媽是表演工作者，有時光溜溜的就像玻璃貓，人家都可以看透透！

黎安問他是什麼樣的表演？

亞庶說：是專門表演給大人看的藝術，小孩子看不懂。

你看過媽媽的表演嗎？黎安問。亞庶搖頭，一副埋所當然的不知道，他習慣接受媽咪所告訴他的一切，他是聽話的孩子。

兩個人刷牙洗臉，一起出門去找媽咪，他們搭上一輛往城西的公車，過了市中心，亞庶說肚子餓，要喝珍珠奶茶還要吃炸雞排。他說：媽媽可能在附近，他記得市場裡邊有炸雞店。

兩人下車，在圓環附近吃了雞排、喝了珍珠奶茶。亞庶說：媽媽上班的地方有個藍色的門，門上有個彎彎的黃月亮，他很久以前去過一次，裡面烏漆麻黑的什麼也看不清楚。

亞庶帶著黎安在附近的街道繞來繞去，經過幾家老舊的店鋪，找不到媽咪所在的地方。

亞庶說要往海的方向，說得很篤定，兩個人於是又搭上一班往城北開去的汽車。過了喧鬧的城市就聞到海的氣息，遠遠看到遼闊的天際線，黎安內心生出一股強烈的渴念，想要帶著亞庶私奔到天涯海角沒人能找到的地方，像海裡並肩裸泳的兩條魚，快樂逍遙。

汽車終於停在濱海小村落的廣場前，幾間賣香菸雜貨、冰棒、冷飲的店家，一棵老榕樹。路的盡頭就是大海。沒有藍色門的透天屋，也沒有彎彎的黃月亮。

寶貝，我們沒有去路！黎安自語。我夢想能帶你遠走他鄉。但是，我們走不遠的，你看，坐了好半天的車走老遠的路，不過就是公共汽車的終點站，我們還沒離開這個城市呢！

那便是暑假結束之前所發生的事！三星期過去，表姊從澳大利亞回來，黎安便離開那個小套房，告別她窗口的風景，告別亞庶。那句：慾──望──雨──露──滋──潤，一字一句在她腦海裡膨脹擴大如氣球飄飛揚起，占滿她的夢和白天的想像。

跳水的小人

林奇偉七歲那年的寒假，身為電腦程式工程師的父親出差去日本，帶回來當時日本正流行的電子遊戲機，那種小小的有螢幕的機器，放在口袋隨時可以取用，一按鈕就有個人開始跳海，玩遊戲的人要立刻派出救生艇去接住跳下來的人；救的人越多，跳海的速度越快，來不及接到人就掉海裡淹死，死三個之後，遊戲就結束。

那小機器意外曲扭了林奇偉的性情，本來，他白幼脾氣古怪個性極端，不喜歡的事堅決不做，有興趣的事冒死都不肯放棄；而且，很多事若非做得特別快就是特別慢；吃飯慢，上廁所慢、走路慢、上學讀書更慢；喜歡的事他做得飛快而且投入，打電子遊戲快，算數更驚人，三斤大米五斤小米一打雞蛋……你一說完他同時計算出總價，比電算機還快一步，迅速準確如神童。

媽媽從小就要林奇偉做好兩件事：讀書和做人。對林奇偉來說，兩件都是苦差事，他不喜歡背書，一首李白的〈靜夜思〉，床前明月光，三歲小孩都能朗朗上口，他背得快哭出來就是記不住，媽媽說他根本不用心，這麼簡單的五言絕句，背不起來實在難以理解也不可原諒。

上了小學，他與人格格不入，上課的老師他都不喜歡，媽媽問原因，他說：老師好，我就好，老師不好，我就不好。那話出自小學一年級的孩子口中，讓做父母的費解又頭疼。級任導師說：這孩子很彆扭，你說東，他偏要說西，天生的逆反性格！

媽媽聽信老師的話，認為兒子就是心不在焉，上課神遊四方，學習態度不好。對林奇偉而言，強記詩詞是無邏輯可依循無理法可推算的抽象事物，進不了他的思維體系，完全無法相較於算數的一加一等於二之具有嚴謹而且不可變動的內在邏輯與顛撲不滅的理性秩序，只要動點腦筋推理演算，一切都易如反掌。

老師和媽媽都看不到也不明白他腦袋運作的方式，考試不及格光會責罵、懲罰他，罵久了他索性以笨當理由藉口，越來越出軌、失格，到最後變成不喜歡上學，不喜歡跟其他人在一起，不喜歡團體遊戲，孤僻又自閉。

自從有了電子遊戲機，林奇偉每天早晨鬧鐘一響，睜開眼睛就立即彈跳下床，抓起電子遊戲機，一股腦兒奔向廁所，帶上門鎖，端坐馬桶，按鈕開機，開始拯救那些無法停止跳海落水的小電子人，那個遊戲讓他走火入魔，徹底忘記外面還有一個二十四小時循軌作息的日常世界。

晚上，熄燈上床之後，他躲在棉被裡，繼續跟跳水小人作戰。這樣神不知鬼不覺的玩了一個多月，林奇偉的積分越來越高，癮頭越來越大，挑戰也越來越激烈，遊戲越來越驚險，夜夢裡也在捨命救人，落水了也會在夢中尖叫；早晨醒來，手上經常還緊緊握著遊戲機。

有天早晨，媽媽如常在廚房烤麵包、煎雞蛋準備早餐；廁所裡，林奇偉端坐馬桶正在電子遊戲機的世界裡衝鋒陷陣準備攻頂奪標，根本沒聽見門外媽媽高分貝的連續叫喊，就在快要突破記錄的緊要關頭，意外失手漏接一個小人，所有積累的輝煌戰績全功盡棄，林奇偉慘烈的大叫一聲，驚動廚房裡忙早餐的媽媽和幫狗狗梳毛髮的爸爸，廁所裡的祕密終於曝光，小機器當場被沒收。

他已經上了遊戲癮，手指按耐不住按鍵救人的搔癢，不玩遊戲神經無法放鬆，沒了那台嗶嗶叫響的電子遊戲機，生活就像沒有充電的玩具，奄奄一息無法運作，課堂上無法集中，回到家裡失魂落魄；媽媽讓他去巷口雜貨店買雞蛋和醬油，他拿了錢去到雜貨店門口，摸摸腦袋又空手回到家，媽媽罰他再去一次，他買回來可樂、冰淇淋，媽媽罵他腦袋在哪裡？他反駁：以後別再叫他買東西，吃力不討好！

媽媽警告他：如果不對那個電子遊戲機死心，暑假就不准參加國際兒童夏令營。他不只聽不下，竟然趴在客廳有輪子的沙發腳墊上，橫衝直撞，發洩怒氣。

媽媽覺得這孩子太無法無天，罰他站廁所好好反省。他居然膽大包天，揚言他會離家出走。媽媽拿起腳上的皮拖鞋，抓起他手掌，狠狠往手心打下去。林奇偉咬著牙，青著臉，用惡狠狠的眼神死瞪著他娘，媽媽打了兩下就心寒。

送遊戲機的爸爸自己也喜歡電子遊戲，心裡偏袒兒子，就打圓場跟媽媽談條件，說孩子如果每天認真做功課，考試成績達標，暑假就讓他參加國際兒童夏令營。

一場小小的家暴危機總算暫時化解。遊戲機落到做父親手中，最後神不知鬼不覺，竟輾轉又回到林奇偉手裡。媽媽發現後責怪父親無法以身作則，如何教育孩子？父親認為電子遊戲並非一無是處，適度的使用可以訓練孩子的反應力、想像力、和創造力。

問題是小孩無法自我約束，根本無法叫他不上癮。父親覺得妻子對孩子的管教太嚴格，玩點電子遊戲不是大事，又不是說謊、偷竊之類的反社會行為。夫妻倆為此意見分歧，各自堅持立場，妻子開始對丈夫有了怨懟：覺得丈夫不該如此寵兒子！心裡不服，卻又無法跟丈夫理論，最不可原諒的是：丈夫未經她同意就把遊戲機還給兒子！

果真，遊戲癮已經深入林奇偉骨髓，只要手指一觸到按鈕，他全身神經瞬間亢奮顫抖，那種一機在手風馳電掣的刺激和快感無與倫比，廁所裡謊稱便秘，夜晚棉被裡埋頭大戰的老毛病又犯了，過不了幾星期，學校老師來電話：林奇偉上課打瞌睡，希望家長多關心他日常作息。

媽媽這回二話不說，當場沒收林奇偉遊戲機。

沒了機器，整天無精打采，什麼事都提不起勁，手裡握著假想中的遊戲機，腦子裡繼續在搶救跳水的小人。小小年紀，他已經嘗到什麼叫失魂落魄，茶飯不思。

當他厚著臉皮跟媽媽要求還回遊戲機時，不止遭到媽媽嚴厲的拒絕，還要他跪廁所思過。偏激固執的林奇偉，一時憤怒激動，口出狂言：不還就掐死媽媽！

媽媽目瞪口呆，不相信自己生出這麼一個凶悍邪惡的小魔鬼，上輩子做了什麼孽，養出一個沒心沒肺要掐死親娘的小孩？震怒之下，拿出遊戲機當著兒子面就把機器給炸碎了！然後命令兒子跪到廁所去反省思過。不知錯，不悔過，就不用吃飯。

林奇偉看到媽媽雙眼發紅，不知是憤怒激動？還是流了眼淚？他沒看過媽媽的眼睛這麼可怕，可是他心裡也沒有悔意，只是有一點點擔心害怕而已。大人哭會讓他覺得世界要崩塌陷落，他會非常沒有安全感。

跪到晚上十點多，雙腿麻木，膝蓋如亂針扎刺，林奇偉還猶豫著該不該認錯道歉？他無法決定是媽媽摔碎他的遊戲機狠絕，還是恐嚇掐死媽媽嚴重？一直到父親回來，問了他挨罰的原因，叫他起身，知道他晚餐沒吃，做了泡麵加雞蛋，叫他吃了去睡覺，不要再惹媽媽生氣。

臥室裡，父母為了如何教育孩子起了爭執，媽媽認為必須好好教訓這個反動叛逆的壞孩子，掐死媽媽是大逆不道的罪衍，她無法縱容孩子如此暴戾；爸爸覺得小孩無心，童言無忌，他不知道自己說錯話的嚴重性，大人需要和孩子好好溝通，了解他的心理和問題。他不同意妻子如此嚴厲懲罰孩子，認為小孩做錯事要跟他講道理，懲罰不能教會孩子明白是非，只會造成身心的傷害。

小孩不是說錯話，掐死父母罪大惡極，這麼小，心這麼狠，這麼黑，怎麼可能是無知？現在就想掐死父母，以後長大怎麼辦？妻子覺得無力教養小孩，絕望又傷心。丈夫成天在外，回到家裡只會寵小孩，有時還跟小孩比賽玩電子遊戲，讓她忍不住將平日積累的牢騷怨氣全數抖落出來，怪做父親的天天晚歸，經常酗酒，熬夜打麻將，打到高血壓、牙疼都不肯罷休，兒子也不好好管教，還要縱容他玩遊戲，父子半斤八兩，簡直無可救藥。

父母的問題，吵到最後竟然演變成外遇事件，媽媽意外發現父親的公事包裡有一把跟家裡不一樣的鑰匙，追問的結果，竟然是一個鄭姓女子的住家鑰匙，媽媽一口指控是金屋藏嬌。爸爸竭力辯解：說鄭小姐是上司老高的情婦，房子是老高供的，牌友們平時打麻將都去那裡，人數不足的時候，鄭小姐偶爾也會湊咖，大家沒事聚在一起喝杯小酒。爸爸承認：心情鬱悶又不想回家的時候，就去那裡打牌喝酒消磨時間，但堅決否認鄭小姐跟他有不倫關係。

爸爸解釋：老高婚姻不快樂，妻子有購物狂、愛泡酒吧；兒女上大學離家住宿，家裡冷清清，他只想找點樂子解悶，也沒要拋家棄子的意思。

爸爸請求媽媽千萬別再追究下去，也不能張揚，上司的婚姻如果保不住，自己的飯碗大概也會砸了，因為董事長是老高的丈母娘，請媽媽顧全大局，委屈求全，就此打住。

心情鬱悶？不想回家？媽媽抓住話柄，不肯罷休，她買菜、做飯、洗碗、打掃屋子，全年無休，也沒牢騷抱怨，他有什麼理由不想回家？心情鬱悶？

父母之間從此有了嫌隙、猜疑，爸爸每次晚歸就要受到媽媽嚴苛的質詢審訊。林奇偉也沒得好日子過，一家三口，天天苦著臉像世界末日。

那期間，外婆不幸摔跤髖骨破裂，出院後必須拄著拐杖才能辛苦的小步移動，生活裡大小事突然落到媽媽身上，外婆兒女都在國外成家立業，外公兩年前腦溢血突然離世，外婆一直沒能適應外公離去的生活，行動受限之後，突然悲觀厭世起來，經常叨唸要早點回唐山陪外公，媽媽兩頭奔波，經常大包小包出門，晚上大包小包回來，袋子裡盡是外婆的日用和兩家的伙食三餐。

林奇偉猛然被斬斷的遊戲癮頭，一直殘留在體內等待發作，沒有遊戲機的日子，他全身上下躁動難安，有時手指發癢如螞蟻在神經末端鑽動，三不五時莫名其妙的搖頭甩腦，人家好奇的看他一眼，他就裝鬼臉、聳肩、眨眼，喉嚨弄出咕嚕咕嚕的怪聲；大家都以為他故意裝萌討人歡喜；可是他又不願跟人打交道，總是一個人斜肩吊頸獨來獨往。

級任導師打電話到家裡跟父母談到林奇偉的異常舉止，想了解是否有家庭因素困擾？導師建議：不妨帶孩子去看神經科醫生。

媽媽一聽神經科三個字就抓狂，大罵老師小題大作，小孩子好動愛玩上課不專心是個性也是天性；爸爸是那種理性的知識分子，凡事相信科學、證據、聽信專家之言，認為小孩應該儘早去看醫生。父母為此爭論不休；最後，爸爸執意帶林奇偉看神經科；檢查結果，證實是輕微杜雷氏症，一種遺傳性的神經內科疾病，成因是腦內多巴胺不平衡，症狀與患者所處的生活環境所造成的心理壓力相關，也可能來自遺傳，一般可採用抗精神病藥抑制症狀或接受行為治療。

醫生強調：家庭、學校與社會如果對此症狀不認識或誤解，就可能誘發更強烈的症狀。比如將杜雷氏症患者當成調皮搗蛋、進而以懲罰的方式來矯正他們好動或身體抽動的症狀；那正是媽媽禁止小孩玩電子遊戲的後遺症，父親心裡這麼想。

醫生建議：打鼓、練拳之類消耗體能的活動，或多或少能改善病況。醫生也安慰道：換個積極的角度看問題，就說孩子有特異資質，超高能量，可以視為一種特殊能力，只要父母用心調教，開發他的興趣，引導他正向的學習，日後說不定會有出人意表的卓越成就。

由於媽媽忙著照顧外婆，林奇偉在父親的安排下，每週二次練非洲鼓，週末練日本劍道。林奇偉發現打鼓很過癮，木棒敲擊鼓面後反彈的神奇力道，既實又虛，讓他越打越帶勁，經常陷入狂熱打到恍惚出神的狀態。劍道要求靜心和專注，還要維持力的平衡，他一直無法進入狀況，若非跟他打對手的女孩很厲害，又經常愛笑不笑，神祕莫測，他恐怕早就失去上課的興趣。

劍道女孩個兒比林奇偉高大，動作、說話都像男孩，喜歡做大姊頭，下了課會帶他去租書店看漫畫書，林奇偉對她的世界好奇又興奮，很快一起進入了漫畫中另一個神怪世界，自此慢慢脫離了電子遊戲機，過了幾個沒有癮頭的寒暑假。

很長一段時間，林奇偉經常跟劍道女在一起，電子遊戲機逐漸在他生活裡銷聲匿跡。

不幸，小學畢業的那個暑假，離學校半里路遠的街道口，新開一家電子遊戲場，有天，偶然經過，林奇偉終於按捺不住的走進那扇總是關著的門，一進場內，閃爍迷離的幽光中，驚見一台台全是他未曾見識的遊戲機，令人神暈目眩的絢麗畫面，瑰麗夢幻的場景；他很快發現都是前所未見的極品，他按鍵打開一個創世紀系列遊戲，開場音樂如魔音傳腦，場景如太虛幻境，一進去就如神遊時光隧道，林奇偉瞬間墜入中世紀雄偉的城堡裡，緊接著意外闖入奇幻魔界，裡邊深邃無止境，充滿人世間不存在的稀珍異物。

這一路驚險刺激，林奇偉全身亢奮、血脈賁張，手指頭像接通了宇宙能源，一路來到一個巨石聳天的狹窄通道，通道口出現一個手持斧頭的骷髏，他必須擊敗骷髏獲取一枚香菇，用香菇補血之後，遊戲才能繼續；一路上骷髏神出鬼沒，有時拿弓射擊，有時用劍阻擊，到處都是致命的機關陷阱，林奇偉一路衝鋒陷陣，過關斬將，終於抵達一個幽暗的房間，取得絕密文件，踏上艱險奇幻的路程，挑戰更不可能的極端任務，獲得更高的積分和回饋，他全身筋肉緊繃，屏住呼吸，只怕一點失誤，踩到岸上的水車陷阱，剎那就會被席捲而去，一命嗚呼。

林奇偉沉溺在那個虛擬世界裡，玩得天翻地覆忘了時間也不覺飢渴，玩到店家打烊催著要關機，才心不甘情不願回到人間面對現實恍惚錯亂。世界上沒有任何其他事能給他更大的樂趣，他發誓將來要做電玩神手，電競達人，他已經不打算活在現實世界跟真人打交道，遊戲世界遠比真實人生精采刺激千倍萬倍！

學期結束，成績單超過半數紅字，媽媽威脅：從今以後任何一科不及格，就扣減零用錢，情況若無改善，十八歲生日一到就自食其力，不要再寄望從父母身上得到一分一毛錢。

媽媽心狠手辣趕盡殺絕，爸爸採取積極鼓勵的策略：如果戒掉電子遊戲，十八歲通過駕照考試，就送林奇偉最愛的鈴木機車，大學順利畢業就送四輪傳動越野車。

林奇偉很心動，但是戒除遊戲癮並非想像中容易，平常在學校已經覺得課堂上老師講話太慢，太瑣碎也太無聊，比起電子遊戲，生活裡所有的事幾乎都讓他不耐煩，整天心浮氣躁，體內過剩的能量似乎難以平息而且四處流竄，最糟糕的是：一離開電子遊戲，腦內的多巴胺分泌就失去平衡，搖頭晃腦、歪嘴吐舌的毛病又犯了！

有一天，離奇的是林奇偉竟在電玩場裡發現父親和一個臉很瘦很白的女孩也在玩遊戲，他一看身上那件鬆垮垮的卡其外套就確定那人正是自己的老爸。

林奇偉走過去拍拍父親的肩膀。父親轉身看見自己的兒子，嚇得從椅子上彈跳而起：你！你！你！你怎麼在這裡？父親指著他的鼻子。

林奇偉反問：你又怎麼在這裡？

一個沒去上班，一個沒去上課，兩個人都心虛，也都納悶。

走！我們去吃麥當勞，肚子餓了吧？父親拉著他匆匆就想離開現場，一隻纖細白皙的手從後面勾搭過來，纏住父親的胳臂，嬌媚的聲音說：還有我呢！我也要吃麥當勞。

父子倆大眼瞪小眼。林奇偉約略已經知道那個女子的身分，吵架的時候，媽媽口中經常咒罵的不要臉的女人，應該就是這個嬌嫩的美眉了。林奇偉看著女孩窈窕的身姿，想到母親下墜的臀部，渾圓的肚腹，再怎麼跳呼啦圈都徒勞無功，連林奇偉都知道有一層皮鬆掉，垮下來，那就是老了！回不去了！

林奇偉呆呆的問父親：會不會拋棄媽媽和他？父親拍了他一下後腦勺罵道：傻瓜，不要胡思亂想，也不准隨便亂說。

林奇偉回道：當然不會隨便亂說，但會據實以告。

父親咳了一聲，正經的說：這是公司業務部新來的會計，鄭小姐。

你們公司的會計白天玩電動？晚上打麻將？

父親給了一個嚴厲的警告的眼色，發現兒子那一雙犀利的眼睛恐怕什麼都瞞不過。於是，換個姿態委婉的說：你知道爸爸最愛的是你——，父親頓了一下——和媽媽，很多事不是你想的那樣，今天的事不用告訴你媽，我自己會跟她解釋。

有一隻手偷偷的捏了一下父親的胳膊，想必是使了勁，父親尖叫一聲。是旁邊站著的鄭小姐。父親一臉尷尬。

林奇偉狡猾的跟父親說：我們不如一起去買台蘋果電腦？大螢幕、背後是透明的那種，內臟每條電路都看得一清二楚的最新款式？我最喜歡的蘋果 IMac G3，Bondi Blue。

好！只要你答應善用電腦做學習工具，控制玩遊戲時間，我們現在就結為盟友，站在同一個陣營，彼此支援！

父親比了個打勾的手勢，一言為定。父子倆當場勾手結盟立誓。鄭小姐湊上來，嬌滴滴的聲音說：我也要加盟。

三人於是快快樂樂一起去吃麥當勞，吃完，直接往電腦商場選購蘋果。

新電腦不到一星期就送到家，外太空的銀白機殼，雄偉壯觀的螢幕，透明的機體充滿超現實的未來感，螢幕裡是無邊無際無所不有的神奇虛擬世界 Cyberspace，林奇偉興奮得大喊：爸爸萬歲！電腦萬歲！

媽媽大怒買電腦沒和她商量，也未經她批準同意，堅持要父親給個理由。

父親說：在家有限度的玩，總比在外面鬼混浪蕩好，你看那些轟趴、吸毒的年輕人；迷電腦相對說還是安全的，何況，電腦又不是只有遊戲，還可以上網查資料、讀新聞，查圖片，看電腦還可以增加想像力、創造力，說到底，是為了保護兒子才寧可讓他玩電腦。

媽媽痛恨兒子沉溺虛幻的遊戲世界，擔心他失去現實生活的能力；電腦這樣的東西顯然是一種科學怪物，一種用來吸食人類腦髓的妖魔。她排斥所有由電腦操縱的事物，什麼自動販賣機、自動取款機……，凡按鍵操作的機器她都抗拒，時時盼望有一天世界能源短缺，電腦失靈，人們回到生火煮食的遠古時代，所謂的回歸自然，她埋怨：現代科技走火入魔，人類逐漸脫離自然、失去人性，物化而不自知。

意見相左的父母繼續他們沒完沒了的爭戰僵局。

有了電腦，林奇偉就擁有一個自足的世界，父親為了籠絡他，不時提供額外零用錢，供他逛電腦中心購買新的軟體，林奇偉操縱電腦的技術一日千里，不久，儼然成了小電腦專家。

他也終於領會到：生存需要選對立場，如果祕密不被揭穿，日子依然可以如常運轉，沒有人會因此受到傷害，那就是關於大人世界的最高遊戲法則。

有了電腦，林奇偉足不出戶，變成道地的宅男。右手一抓起老鼠，就和外面的世界斷絕關係，敲打鍵盤就可以進入無奇不有五花八門的虛擬幻境，舉凡電影，CD、CD-ROM，BBS站，下棋、打橋牌，各種新奇、刺激的冒險遊戲，還可以用嶄新的武器，打未來的星際大戰，也可以返回戰國時代，當秦始皇統軍滅六國，或是做諸葛亮進入三國演義的精采戰況……。他已經無法生活在沒有電腦的日子！每天把自己鎖在房間裡，面對著電腦就可以自得其樂，他的身體已經變成電腦的一部分。

有天，在鏡子裡，林奇偉意外發現自己長相怪異，那時，正值青春期，身體應該向上生長，變長變高，他卻橫向發展，變短變寬，手指格外發達，食指尤其健壯，那隻按鈕頻率最高的右手食指，手關節肥厚，指節僵直，而且長成了敲打電腦的架勢，即使什麼事都不做，那隻手指總是保持著敲鍵盤的姿勢，簡直就像電腦延伸出來的一部分零件，眼球也因長期注視電腦螢幕而變得呆滯遲緩，臉色因長期暴露在電子螢光下而變成暗淡灰沉，皮膚蒙著一層淡淡的螢光綠，像幽魂野鬼。連父親也開始擔心兒子走火入魔，會被電腦吸光腦髓，如他妻子所擔憂。

就在父親憂心忡忡，開始圖謀對策的時候，花蓮東北海面發生六級強烈地震，整個城市陷入停電斷水的癱瘓狀態，面對死沉沉的一台電腦，叫天不靈，呼地不應，那個讓林奇偉廢寢忘食的塑膠電路盒子，變成一個空洞的屍體，廣邈的網路世界瞬間消逝得無影無蹤，簡直海市蜃樓般虛幻，那一條接通電源的線，是他和外界接觸的臍帶，失去那一點唯一的聯繫，林奇偉的世界一片荒涼死寂，比月球、土星、金星更沒有一點生命跡象。

林奇偉被那虛無和空幻所震撼，一個整天亢奮痴迷的人，瞬間就像個被廢了武功的人，空有一個軀殼架勢而無力施展任何法術。

他失魂落魄的在街上遊走。地震後的城市殘餘著一幅劫後餘生的駭然景象，人的表情還在驚恐駭然的噩夢中，沒有醒回現實的驚恐狀，平常的秩序也曲扭變調，整個城市失去慣有的活力，讓他強烈的意識到一種悲劇性的無常與災難的恐怖。

走到十字路口的斑馬線上，林奇偉遇見一個電影《阿凡達》裡綠皮膚長脖子模樣的奇女子，眼睛對著他不斷放電，讓他心臟忽然急速跳動，他整個人鮮活振奮起來，奇詭的是：那興奮不像電腦經由指梢傳送到大腦神經，而是經過心臟劇烈的擾亂他的心律，使他呼吸緊迫，心跳加速，耳垂著火，渾身發熱，像被閃電擊中一樣的震撼。

他頓時覺得空洞的軀體瞬間靈光閃爍飄飄欲仙。他喜歡那種感覺，他所從未領會過的感官之樂！他甚至幻想跟她接吻，像魚，滑溜溜的唇。

那女子讓他感到極大的迷惑、暈眩。他好奇的走過去想要靠近她，對方立刻閃躲，一個不能按鍵控制的女子，他無法理解她的反應，讀不懂她臉上的表情，不知她是歡喜還是憤怒？

綠燈亮了，他突然想伸手牽她一起過馬路，對方嚇了一跳，立刻甩開他伸過來的手，恨恨瞪他一眼。

你不信任我？我又不是壞人？林奇偉意外受到極大的侮辱。

你這個人有沒有搞錯？我就是喜歡自己過馬路，跟你有什麼關係？我又不認識你！

她掉頭加快腳步離開現場，逃難似的逃離林奇偉。

林奇偉摸著腦袋不知所措，假如是在電腦遊戲裡，他就按鈕遙控，讓她乖乖的做他指示的動作。可是，那女子轉眼就銷聲匿跡，讓他恨得牙癢卻束手無策。

晚上，電路恢復之後，林奇偉立刻上網搜索這奇特的生理反應：

「愛是煽動騷亂的行為，是推翻理智的背叛，是統一政體的暴動，是祕密的叛變」；這樣的描述讓他覺得危險、刺激而且充滿誘惑。也許，那就是父親之所以背地裡私會鄭小姐的全部解答了。

夜裡，白天遇見的那精靈一樣的女子竟私自闖入林奇偉的夢境，完全不守規矩，不聽使喚而且自做主張，讓他驚慌失措；然而，一瞬間就又神隱，林奇偉上天下地的搜索尋覓，不在乎地震海嘯世界末日之到臨，毅然決然，至死無悔。

夢醒，林奇偉開始思索遊戲以外的真實人生，一個讓靈魂顫抖的驚心動魄的陌生又奇異的世界！

飛行的夜

芝蘭要離開倫敦了，送走檯燈、茶壺、收音機、一些舊貨店買回來的小裝飾品、七本厚重的普魯斯特——《追憶似水年華》，剩下的都不屬於她，也帶不走；一個生命行旅中暫住的房間，那張睡過的床，菸頭燒破的被單，像個無法修補的殘缺舊夢。

又一次，她渴望逃離。

室友Tomoko給她烤蘋果派、做晚餐，一起在廚房裡削蘋果、切辣椒。宮保雞丁下鍋，空氣瀰漫著熱辣的油煙，連大門外人行道經過的路人都被辣得咳嗆起來，芝蘭忍不住也稀里嘩啦流下淚來，心痛拌著辣椒更加火烈。

事情果然發生，一如既往：凡她所擔憂懼怕都成事實，凡她所愛都難如願；總是眼睜睜看著悲劇發生卻是束手無策，像是被詛咒的一生。

初抵倫敦的夏天八月，這城市最美麗的時節，和風撫慰著靈魂，陽光誘惑著肉體，汽車經過垂柳搖曳的運河，樹蔭下一棟棟花園洋房，落地玻璃映著水色天光，陽光下吃薯條喝啤酒的人們，孩子們嬉鬧的笑聲，就像夢裡才有的美好景象，她夢想住那樣的洋房，過那樣的人生。

和哥哥五洋多年不見，每年過節寄回家的賀卡寥寥幾句噓寒問暖，無法深入他的生活內容窺見他的內在心事。機場見了面，有點生疏，五洋留長了頭髮，蓄了鬍子，多了些男子氣，芝蘭上前擁抱五洋，叫了聲哥哥，激動得喉嚨哽咽眼眶帶淚。

五洋靦腆低頭無語，不知他心裡想什麼？歡不歡迎她到來？千言萬語一時不知從何說起？

五洋的住處在芬斯伯律公園附近，離地鐵站五分鐘走路距離，一路上希臘人開的雜貨店，穆斯林的清真肉鋪，土耳其人的 kebab 烤肉串，理髮廳、快餐店，一直到公園才見林木扶疏花香草綠。從住處搭地鐵站可以去到城中心，門前還有十九路公車經過人文薈萃的坎登區去到芝蘭計畫就讀的倫敦大學校門邊。

房子是和人分租的，五洋說倫敦租房太貴，年輕人負擔不起整間房子，合租很普遍。

Tomoko 已經在倫敦亞非學院讀了五年書，為了留在英國一直不想畢業，一畢業失去學生簽證就無法居留，有個男友在匈牙利，偶爾到倫敦來探望。

Tomoko 說正統的英國腔英語，不像大部分日本人的重口音，也沒有一般日本人的拘禮客氣。她說：老爹要她去匈牙利，去別人少去的地方，要她做別人不做的事，「那些大家都想做的事，想去的地方，也是競爭激烈的地方，不如以偏取勝？」老爹總是這樣告誡她。

有錢？沒錢？沒錢就找個人嫁；不時勸她去匈牙利和男友結婚。她也曾作如此想，只因匈牙利語太難學，Tomoko 說她去過布達佩斯三星期，連買一杯不加糖的黑咖啡都說不清楚，就別說在那兒過日子了，萬一跟男友吵架離家出走都困難重重，到底還是放棄了。

「那不是地球上的人說的話！」Tomoko 認為：世界上沒有比匈牙利語更艱澀難學的語言，她學過法語、德語、西班牙語，絕對有資格這樣說。

Tomoko 替東京開店的母親收集古董地毯，一邊上學，大事小事都愛做筆記，地毯上每個花紋圖案都可以說出一段故事，每件事物在她眼裡都有自己的身世歷史，她說自己對所有想做的事都能全神貫注，唯獨對男人無法用心。

「可以上床，不能戀愛。」她說，省事，不傷神。

五洋要芝蘭去大學語言先修班讀英語。亞洲學生和新移民太多，英語課程已經額滿，她只能選一項還有餘額的「追憶似水年華——普魯斯特作品研讀」。

Tomoko 笑她：有多少青春可以消耗在普魯斯特身上？

「正好磨練耐性吧！」芝蘭說自己從小到大沒能夠讀完一本《紅樓夢》。那門追憶似水年華，班上學生都比她年長，有些是大學生，其他八個顯然是地道的普魯斯特迷，全都將《追憶似水年華》看過三遍以上，有人還讀過法文版本，去過書中描述的海灘，實地勘察當地景物和書中作對比；還有人讀過所有和普魯斯特相關的著作，包括劇本、廣播劇，以及「普魯斯特如何拯救一個人的生命」等等，令芝蘭啞口無言。

其實，芝蘭之所以到倫敦，真正原因是要逃離因更年期而喜怒無常的母親，她不想成為她病態情緒的受害人，離家是自救；她可憐母親，又痛恨自己可憐自己的母親，讓她覺得淒涼悲慘。母親整天牢騷，沒一件事能讓她開心，成天抱怨沒人關心，三餐抱怨菜不好吃，吃肉嫌肉太膩，吃菜嫌菜澀，胃痛、牙痛、心悸、高血壓、天天都懷疑自己有癌症，帶她去醫院又拒絕接受檢查。

「不是所有離婚的女人都像你這樣悲慘怨懟！」芝蘭在離家前跟母親大吵一

架，她覺得母親最大的心魔就是無法原諒父親當年背棄她這件事，她的恨深入骨髓，一輩子都難消除，那就是所有問題的根源。

離開她，說不定可以拯救她，因為沒了牢騷對象，自然就會停止抱怨。芝蘭在信裡跟哥哥五洋這麼請求。他有父親資助從高中就去英國求學，自由自在過自己的獨立生活，都不知道芝蘭的水深火熱。

到了倫敦吃個漢堡花三鎊九分，一趟地鐵進城要四英鎊，讓芝蘭花錢像割肉一樣痛，台北休學打工一年才存下的錢，在這裡三個月不到就會被花光，原以為「遊學」是爛漫的美事，到了倫敦立刻明白必須有錢有閒還要有點本事才有遊學的雅興。

Tomoko 介紹芝蘭去日本朋友的壽司店打工。到倫敦一星期，還沒看倫敦鐘塔、沒看舞台名劇《貓》、沒去白金漢宮、沒逛哈洛德百貨，就一頭栽進壽司店裡，忙得昏天暗地。壽司外賣店在酒吧夜店林立的蘇活區，每週五天早上十點到下午四點，晚上正好來得及上一週兩堂的普魯斯特。

芝蘭頭上紮著藍色碎花三角巾，頭髮短短貼在頭顱上，甜甜的聲音，像個日本小女子，從早到晚，夜以繼日的做壽司：鯖魚、鯛魚、竹筴魚、海膽、生蝦、章魚、海蟹、魚子，一盒盒生鮮的食材工整的裝在塑膠容器裡，芝蘭手指纖巧，動作伶俐，天生是個做壽司的好手，一般壽司店不願讓女性做壽司，因為女人體溫常態高於男人，手指捏拿折損生魚的鮮度；但老闆願意讓她試，其他捏飯糰、掌食材、切魚片都各有專人，她就是一個快樂的壽司小達人，生活忙碌單純疲累而快樂，只要晚上回家和五洋一起，喝杯啤酒，抽根菸，感覺他的氣息在自己生活的周遭，她心裡就有一份踏實。

在共同生活的屋子裡，五洋隨意坐在客廳地板，手裡一罐啤酒，埋首在唱片堆裡，整個屋子都是那些 HIP-HOP 流行音樂，吵得震翻屋頂；芝蘭隨手撿起他扔下的球鞋、外套，收拾他弄亂的屋子，心裡甜滋滋歡喜不已。

萬聖節的週末，五洋帶芝蘭、Tomoko 一起去他工作的俱樂部跳舞，五洋是那裡兼職的ＤＪ。在俱樂部邊角一個半圓型高起的舞台上，芝蘭看他戴著耳機，專注的、忘情的搓轉唱盤，排演情緒，製造他們所要的狂野和激情，光影喧囂放浪形骸，他那樣一個人擺弄著整個舞場的情緒，全場男女為他痴迷陶醉。像個催眠大師，他知道用一種祕密的音頻穿透群眾的腦神經，觸摸到他們靈魂的飢渴和虛空，人們不由自主地進入他所掌控的祕密軌道，進入狂亂銷魂的節奏裡。

芝蘭看得如痴亦醉，那是她所沒見識過的五洋，從小崇拜五洋，他一直是她的偶像，她的護花使者，鄰居的男孩都不跟女孩玩騎馬打仗，不屑讓女孩騎架在自己身上；五洋卻高高把她架在肩頭衝鋒陷陣。

「無敵女神龍來了」，他神氣威風。

芝蘭記起小時父母吵架，母親離家出走，父親出門酗酒，天雨，肚餓，七歲的五洋牽著三歲哭著要媽媽的芝蘭說：別哭！哥哥帶芝蘭去找媽媽！

兩人牽著小手走到十字路口的雜貨店就被人帶回家。芝蘭永遠記得哥哥緊緊握住她的那隻手，那麼篤定溫暖安全可靠，給她信心、希望，讓她渴望可以這樣牢牢被他牽著到永遠。

幾年後，父母離婚，他們的人生路途從此分道揚鑣。偶爾在假日約了見面，也是看完電影吃過飯，談談各自的狀況，也是漸離漸遠，生活失去共同的話題，再也沒有一個聯繫彼此的家。

五洋話不多，表情嚴肅冷峻，令人望而生畏，高頭大馬的蒙古體型，虎背熊腰的走路架式，一副道行高深的不可侵犯，一條粗黑的髮辮，寬垮的哈倫褲，背個軍綠挎包，隨身提著一個方形鐵皮盒子，裡邊整齊排列他挑選的寶貝唱片，他謀生的道具，走過那條充斥著芭蕉甘蔗烤串肉，毒販宵小牛蛇雜處的街道去地鐵站搭車。

五洋的生活只有夜晚和音樂，白天芝蘭在壽司店忙工作，他在屋裡安靜的沉睡，發出呼嚕呼嚕的巨大聲響，如一隻慵懶嗜睡的獸，安於他混亂的窩。工作之外，他總是去 Tower Records 找尋最新的流行音樂，要不就去舊貨店跳蚤市場，尋尋覓覓搜索各類被人遺愛的黑膠唱片，帶回來小心清理認真收藏，每張都是他珍愛的寶貝；沒事便用一個像熨斗的消磁器替唱片消磁，用酒精清洗沾塵的唱片，吹風機小心吹乾，再分類歸檔。

那就是他生活的全部。芝蘭渴望能親近他一點，像小時候那樣讓他寵愛呵護，叫她「丫頭」，讓她有一種私密的驕傲與喜悅，以為自己是世界上最幸福的女子！

生日將至，芝蘭想親自下廚做晚餐，跟五洋一起過個別致的二十歲生日。多少年來，他們再沒一起度過任何節日，生平第一次離家這麼遠，身邊只有一個親人，她渴望溫暖、渴望愛。

陪我過二十歲生日吧？我來做菜？芝蘭問。

你能做菜？好吃嗎？五洋半信半疑，到倫敦以來，芝蘭忙著上課打工，平常不是吃壽司店帶回來的食物，就是路上帶回來的烤肉串，偶爾有 Tomoko 做的匈牙利燉牛肉 gulasch。

芝蘭說：不敢保證好吃，但一定全力以赴！她其實廚藝不濟，常年生活不定，沒有一個安定的家，腸胃跟她動盪的生活一樣失序。她也想要一個父母家人親朋好友歡聚一堂，香檳美酒佳餚相伴的生日晚餐，但父親已經和別的女人生了孩子，母親先是失魂落魄，接著憤怒狂暴，然後心灰意冷，之後就自暴自棄，兩年前更年期到來，自此情緒波動喜怒無常，讓青春過渡期的芝蘭抓狂，到了母女彼此仇視互不相容的地步。

五洋點點頭沒說不好。芝蘭伸出小指認真的跟他勾了勾，「一言為定」，一邊盯著他的眼睛，要從眼眸裡檢視他是否真心？

生日那天，她一早起來帶著購物單去超市採購，大包小包回到廚房，穿上圍兜打開食譜開始忙碌，洗果蔬、削馬鈴薯、一邊看食譜、一邊做蛋糕，在烤好的海綿蛋糕上一圈圈排好草莓奇異果，藍莓鑲邊，覆盆子圍成中間鮮紅一顆心；餐桌上點了蠟燭，伴著一束紫鳶。二十歲，青春如蓓蕾初綻，她要生命中最美的時刻和最親愛的人一起分享。

忙到快七點，橙汁烤鴨的焦甜肉香瀰漫全屋，帕瑪火腿蜜瓜也上了桌，芝蘭點亮蠟燭，放了音樂，匆匆上樓沖澡，換上衣櫥裡唯一的一件洋裝，搽了口紅抹了香膏，不時傾聽門口動靜，等待五洋隨時返家。

等呀等，等過晚餐時間，月亮斜掛窗口，菜飯都涼了，芝蘭告訴自己：耐心！再等等！

過了九點，肚子咕嚕叫，打電話，只聽到話筒一端的世界充斥混亂的噪音和怪誕的叫囂，五洋喊著：什麼？什麼？聽不見！等一下再打。

等一下他就不在了，芝蘭試了又試，五洋關了手機，世界是一片被阻隔的靜默與虛空。

她失望的幾乎掉淚，就知道他不會當真，早知該和他確認，之所以沒這麼做，只因為擔心再說一次他會改變心意；不說，起碼還可能會有驚喜；雖然，失望的機率不會因此降低。芝蘭選擇了自欺，也是缺乏面對現實的勇氣，她那麼害怕希望落空，多少年來生活裡最欠缺的就是溫情與關愛，她不愛人，也不被人愛，唯獨渴望哥哥心裡有個她，一切也就心滿意足。

夜裡過了十二點，五洋的手機依舊死寂無聲，芝蘭終於放棄等待。不過就是一個被記載的日子，生日又如何呢？有什麼理由非要人家陪你慶祝？芝蘭覺得哥哥有自己的生活，再無法像過去那樣，兩個人膩在一起什麼都玩，無話不說，夜裡做了噩夢就溜進哥哥房裡鑽進被窩，攬著他的脖子，讓他的大手臂像堡壘護衛著她安心入睡。

一個人吹熄了蠟燭，抹去臉上特別化上的妝，苦著一張疲憊的臉，悶悶喝著那瓶酒莊裡費好大功夫，讓店家為她挑選的義大利 Chianti 葡萄酒，喝進肚裡的酒口苦澀辣舌，不久，那猩紅的液體就帶著酸腐從胃裡反嘔出來，一個人趴在地上清理穢物，淚水一滴滴滾落面頰。醉醺醺躺在清寂的房裡，淌著淚疲憊的睡過去。

夜半醒來，廚房客廳的燈亮著，屋裡沒半點人聲動靜。平常這時辰，五洋應該在房裡戴著耳機搖頭晃腦，沉溺在唱針劃過黑膠流瀉的音樂世界裡；餓了就去廚房打開冰箱找東西隨便吃；Tomoko 也是夜貓子一隻，經常三更半夜洗澡、洗頭、敷面膜；在黑夜裡過著繁忙的日間生活。只有芝蘭像個正常人，早睡早起日食三餐。

這晚，整個屋子靜得只有窗外的風聲。五洋和 Tomoko 都沒回來。

不知過了多久，門外有熟悉的腳步聲。

是五洋！已經黃昏時分，芝蘭想問：去了哪裡？跟誰？但又不願開口，她真的想知道五洋心裡有沒有一點點位置留給她？在不在意她一點點，一滴滴？她要的不多，只要偶爾能用心的看她一眼，把她看進心裡，那就夠了！她會將那目光交匯的剎那溫柔埋進記憶深處，日日夜夜，需要的時候隨時就去提取重播，像CD那樣。她渴望能這樣一點一滴的收集他，直到他即使不在身邊，也會在記憶裡長存。

五洋沒給她說話的機會，一進門就催她換衣服，準備帶她出去吃晚餐、跳舞、慶祝生日。他其實只是糊塗健忘，跟平常沒有兩樣，何況，生日對他來說不是什麼值得特別記住的大事，從十三歲父母離婚之後，他根本就沒有過過生日，沒人記得他生日，他甚至不喜歡生日，覺得自己的出生是個錯誤，有什麼好慶祝？

芝蘭宿醉未醒頭昏腦脹，卻還是忍不住破涕為笑，喜孜孜的換衣服、塗口紅、描眼線，把閃爍的金粉貼抹在頰邊、一輩子就想有這樣一天為一個人絢爛美麗一回。她無法真的對五洋生氣，不管做錯什麼，一轉眼就會原諒他。

晚餐在蘇活區著名的 NOBU 餐廳吃新式日本菜，托羅魚韃靼配魚子醬、鱈魚西京燒、軟殼蟹卷、油甘魚刺身配小青椒、大吟釀清酒，一道道像藝術品一樣陳列在眼前的精緻美食，讓芝蘭第一次體會到什麼叫享受，從靈魂到肉體從視覺到味覺的盡性舒暢。

五洋看著她貪婪的吃相，難得現出心滿意足的一絲笑容，那大概就是她最大的安慰了。結帳時，芝蘭探頭瞄了一眼帳單，嚇了一跳，可是要她打工一星期才賺得到的薪水，她沒有心疼，只有被寵愛的幸福滋味。

飯後，搭車去俱樂部，一個倉庫型的紅磚建築，走邊門進到俱樂部的舞池裡，整個空間震盪著強烈的聲光節奏，五洋牽起芝蘭的手，帶著她進入狂放的舞步裡。

貼近他，聞著他，芝蘭瞬間找回了她思念已久的摯愛的哥哥。

Tomoko 神不知鬼不覺從閃動的人頭裡冒出來，熱情擁抱了芝蘭，祝她生日快樂，送她一支隨體溫變化顏色的新潮口紅當禮物，搶走她的五洋，貼著他胸膛跳熱舞。

Tomoko 流線的腰身，芬香如玫瑰花蕾的胸乳傷痛芝蘭的眼睛。她覺得自己在人前逐漸退縮變小然後消失墜落，就像在學校裡，沒有人的眼光會在她身上駐留，她的存在或消失並不引起任何人的在意。

五洋冷不防摸了一下她的頭，小不點！發什麼呆？跳舞吧！看著 Tomoko 與五洋完美契合的肢體，她清楚的意識到：自己並不在他們的世界裡，芝蘭茫茫然迷失在震耳欲聾的噪音中。

凌晨二點，三個人勾肩搭背摟成一堆，一路醉醺醺回到家。芝蘭裝醉倚在五洋身上，要他抱她上樓，就像小時候他背她走田埂小路去外婆家，騎在他肩頭隨風招搖，一路得意，到了外婆家還是賴著不肯下來。

夜夢朦朧，她回到小時候一起在稻田農舍的草寮裡，夏天，五洋光著胳膊和她並躺著，她的手橫在他的腰際，光滑的肌膚健壯的肌肉，丘陵一樣起伏的股溝腹肌，她的手像一隻天際翱翔的白鴿，隨著起伏的丘陵流連忘返，經過山丘溪豁繼續往無盡的叢林深處舞去，直到深山幽谷，霍然遇到斷壁危崖才驟然而止。

迷迷糊糊睜眼，五洋不在身邊。夜裡飛翔的白鴿難道只是一場春夢？可是，一切記憶歷歷如真，她甚至還能感覺五洋的氣息在身邊。

起身下樓，廚房裡的爐子是冷的，茶壺是乾淨的，麵包沒有開封，浴室的地板是乾的，他一定是空著肚沒洗澡就出去了！那不是他的習慣，他夜裡工作，聽音樂，天亮才睡覺，睡過中午才起來，吃她預備好的吐納魚罐頭拌飯，撒著他喜歡的綠藻絲和黑芝麻……，那是她生活中的小確幸。

她找不到他，Tomoko 也不知道五洋去了哪裡？打電話沒人接，這城市，除了壽司外賣店到住屋的這一段路以及住處到上課大學的十九路公車路線，都是陌生的街道，她一直沒有意願走出五洋以外的世界。

隔日清晨，五洋回到屋裡，沉默走過她身邊，冷得像極地寒流，讓芝蘭不禁打寒顫，她原以為可以給他一個擁抱，把臉頰貼近他胸膛，就像生日的夜晚，兩個重疊的影子摟著彼此的腰身，一路扶持著回家。

之後，五洋經常晚歸，有時早晨人家開始出門上班，他才逆著人潮搭車返家。回來之後，洗澡，睡覺，如果沒事，安安靜靜也就過了一天。

芝蘭不知道自己做了什麼錯事？不知如何打破這莫名的僵局，想問又怕冒犯，想說又不知如何啟口？苦惱了一段時日，終於決定給五洋寫個紙條：

我成天想跟你說話，卻找不到和你溝通的密碼，寫幾個字，不過想讓你知道我在。請你別走太遠，我真會覺得寂寞。

她把字條看了又看，想了又想，改了又改，小心拿捏字句，既要能貼切表達自己心意又不造成五洋的負擔。猶疑了好久才把字條放他書桌上。

又在發什麼愣？課上得怎麼樣了？五洋避重就輕，讓芝蘭失望咬牙。

學校的課她已經蹺了三堂，普魯斯特太難，《追憶似水年華》緩慢細瑣繁雜冗長，簡直是另一個世界的另一種生活，完全不是現實的速度，她進不了劇中人物的狀況，讀了前頁忘了後頁，何況太多不懂的單字，隨時都在翻查字典，一頁讀下來比啃木頭還痛苦乏味，經常讀不下去，跟不上進度，課堂就無法加入討論，用中文表達意見已經夠困難，何況是英文？她是被自己嚇得不敢去上課。

五洋說：讀不下去是不是就回台灣？

芝蘭訝異：還有其他可以選讀的課程，不是嗎？她想認真讀書，努力工作，自己交房租學費，她不想離開他。

勉強回學校上課，免得被五洋逼回台灣，老師不巧臨時有事，提早半小時下課，芝蘭在回家路上特別給五洋買了藍莓鬆餅回家，一進屋就聽見房子有些異常動靜，走到樓梯口聽見五洋房裡傳出不尋常的聲響，摒息聆聽，是五洋那老舊的床板發出嘎吱嘎吱有節奏的怪響，女人的嬌喘一波波逐漸變成拔高的呻吟。

芝蘭回房跌坐床頭，整個屋子像失火一樣熾熱燥烈，心跳堵在胸口幾乎要窒息休克。她進浴室洗臉，Tomoko 圍著毛巾裸著上身從五洋房裡走出來，兩人照面，Tomoko 嗨一聲嫵媚嬌柔，雙頰嫣紅如霞，沒有驚奇羞澀沒有不安，那麼自在家常自得自滿。

那是真的嗎？眼前所見是確實發生的事？芝蘭不敢相信自己的眼睛，記得 Tomoko 說過有未婚夫在匈牙利等她去結婚，為什麼還跟五洋睡？五洋又為什麼睡她？芝蘭覺得被欺騙、被遺棄。

下樓去廚房抓了半瓶剩酒咕嚕咕嚕喝下肚，滿腹酸澀苦楚。她不善飲，一飲就嘔吐，吐過就昏睡。夢裡私處漲滿慾望和憤怒，一個年輕男子上來了，不行，老人想試，也不行。她睜不開眼睛，掙扎了好久，跌跌撞撞跑著要回家，十字路口迷了路，車潮人流四面八方，就是記不起回家的方向，夢裡倉皇失措，哭得絕望斷腸。

接連幾星期，屋裡氣氛抑鬱，三個人沉著臉都不說話。芝蘭覺得委屈，好像他們聯合起來欺騙了她，可是，她無法控訴，既沒資格更無權過問，那就是她最大的痛苦和難堪！

見她失眠、醉酒又蹺課，Tomoko 關心的問：怎麼了？芝蘭心裡埋怨：這不是明知故問？假慈悲？芝蘭不懂：她有男朋友等著她去匈牙利結婚，為什麼她還繼續留在倫敦？藉口讀書，實際上跟五洋曖昧不清？

Tomoko 看在眼裡，安慰道：我不會跟他在一起！芝蘭心裡更加困惑。

「我跟你哥哥不是戀人，只是互相有好感而已，無關愛情。」芝蘭搞不懂那是什麼男女關係？

Tomoko 說：「我不需要解釋自己，只是想告訴你：五洋是單身的男人，我是單身的女人，共同在一個屋頂下！如此而已，這樣說是否讓你好過些？」

芝蘭單純以為：不相愛的人不會上床睡覺。她分不清好感和愛戀的區別是什麼？就覺得兩人曖昧不清，那曖昧困擾著她，折磨著她，讓她幾乎要發狂。

你為什麼跟她睡？她終於鼓起勇氣問五洋，她必須了結一樁糾纏自己的心事。

「她身上有火！」五洋毫不介意這樣說。

那火灼傷了芝蘭的心！芝蘭只覺羞辱難堪，那火，讓她全身顫抖！她一時情緒失控，衝進五洋房裡，摔掉他的手提電腦，踩碎地上散置的唱片。五洋任由她發洩，一旁冷眼，那是最傷芝蘭最讓她難以忍受的無情冷漠。

發完飆，洩完氣，她渾身無力倒在床上，腦子空了心也空了，一切都幻滅了。

五洋等她鬧過，確定她沒事，開門，轉身就離家。

是冬天那種乾冷蕭條的雪天，行人瑟縮街道冷清，有人伸手跟五洋要菸，這條通往地鐵站的街道，總是會遇見要菸的路人；倫敦菸價昂貴，政府以為提高菸價會減低抽菸的數量，那是沒明白菸癮的頑固難纏，一盒菸四點五英鎊，想抽菸的人上天下地都會去弄到菸抽，買不起就厚著臉皮要，菸癮當前不抽真的會死。

結果，馬路上平白多出一些伸手要菸的人，即使年輕美麗的姑娘，為了菸癮一樣自尊掃地。

要菸的男人跟五洋一般年紀，平常給根菸不過是舉手之勞，五洋毫不介意。他伸手往口袋掏菸，背後有人突然拉扯他的皮外套，他轉身，膝蓋猛然被要菸的男子踢了一腳，痛得他折腰幾乎跪倒在地，那人趁勢剝去他外套；五洋錢包證件都在口袋裡，立刻掙扎起身拔腿要追搶皮衣的人，後面同夥拿了空酒瓶就往他腦勺砸去。

酒瓶砰的一聲爆開，鮮血和著玻璃裂片往下流竄！五洋整個人晃了幾步就癱倒在地，耳鼓轟隆夾著遠近緊迫雜亂的叫喊，整個世界沉沉墜落無底深淵。

附近這一帶是伊斯蘭主義恐怖分子祕密活動的區域，亞非移民聚集，三郡交界點上的三不管地帶，犯罪率向來偏高。

五洋醒來時，四周漆黑無人，寒風刺骨，他發現自己躺在高速公路邊的樹叢下，四肢冰冷渾身哆嗦，好一會才恍惚想起發生的事，一定是結夥打劫，那個要菸的無賴和夥伴搶走他的皮衣還有口袋裡的手機、皮夾裡的現金和證件，開車把他扔到這荒郊野外，免得他報案太容易，他們沒時間逃逸。

他不知道自己身在何處？也不知道是什麼時辰？後腦勺傷口濃稠腥濕的血液浸透衣領，他一跛一跛的忍著疼痛走到馬路邊，等在淒冷蕭條的路邊，盼望有人會停下來給他搭便車。

偶有車燈從遠處逼近，飆風一陣，飛速又消失，不到幾分鐘，五洋饑寒交迫，虛得不支倒地。

死，沒想像這麼艱難啊！五洋覺得自己就在死亡邊緣，那是之前所從未想到的事。並非他怕死，只是不甘這麼窩囊的死法；來倫敦之前，他喜歡生活裡小小的躁動，喜歡刺激、破壞和一點流血的事件，生活的安逸使他厭煩不耐；父親只是按月給錢，基本上不關心他的生活，十六歲那年，他就想到極地冒險，做一個孤獨的行者，浪跡天涯。

他沒料到世界比他設想的殘酷暴戾，一個人的力量渺小脆弱，甚至無能維護一點真摯的信仰和自尊，無法對抗社會中一小撮人的猖狂霸道，無能保護一點基本的人身安全。良知、道德有什麼用？即使安分守己也未見得能明哲保身。

冰寒瑟縮中，傷口劇烈疼痛著；夜黑風高，一個人在野地裡淒涼如鬼，聽著風聲呼嘯如地獄發出的怒吼。

公路警察把五洋送回城區的住處，腦袋裹著紗布滲著血絲，眼睛腫成一條縫。黃昏時分，芝蘭正要去上課，見五洋的傷勢和衣領的血漬，抱住他痛哭流涕，悔恨交織；如果他受傷變殘廢白痴，她會痛苦一輩子，恨自己一輩子。

「讓我安靜！」五洋推開她，那是他拒絕她的方式，她冒犯了他，雖然不是故意的，但傷害已經造成，生日夜，顯然她以為自己的手只是夢裡一隻飛翔的白鴿。他擔心繼續下去，彼此的傷害只會加深，她對他的依戀已經超過他所能負荷，超過她自己所能承擔。

傷口復原之後，五洋就不告而別，鑰匙留在屋裡，廚房餐桌一張簡單的字條：不用等，我不會回來，自己保重。

再一次，芝蘭對自己感到憎惡和羞愧，應該離開的是她，可是，前路茫茫，該往何處去？

Tomoko 說：閱讀普魯斯特可以拯救你的一生。那是借用的書名，一本叫「普魯斯特如何拯救你的一生」的著作。

芝蘭不甘在 Tomoko 面前示弱。她不想輸給她，每天開始認真做功課查字典，給自己烤麵包、煎雞蛋、認真吃早餐，洗碗、燙衣、上班做壽司，努力讓生活忙碌；讓自己沒有時間難過、煩惱，只能那樣才能修復受傷的心，修復自己失去重心的傾斜日子。

有天出門去上課，出門沒帶傘，路上下起雨，倫敦這善變的海洋性氣候，說變就變，比女人心更難測。

來了一班公車，芝蘭沒來得及搭上，站在雨中淋著雨，頭髮衣服都濕了，一個人莫名其妙就哭起來。

她覺得狼狽、懊惱，沒心情濕答答的等下一班車去上課，車站旁邊有家咖啡屋，她決定去吃塊蛋糕安慰自己。

熱騰騰的咖啡香氣，甜滋滋的蛋糕，她心情豁然開朗，如雨過天晴陽光灑遍大地。

原來不去上課是這麼大的解脫！原來她這麼不願意去上課。

坐在下雨的窗前慢慢享受香醇的咖啡，小口小口品味著鋪滿藍莓的乳酪蛋糕，芝蘭心有所悟：逃離，未必是解決問題的辦法！倫敦也未必是她安身的地方。她想起家裡被棄離的母親。當初背著行囊搭火車獨自踏上離家的路，懷著無知的快意，憧憬著異鄉城鎮的美麗遠景，撩眼炫目的繁華世界，狂野恣意放蕩不羈，以為年輕自當如此。

二〇〇三年二月十三日離開的早晨，天氣是那種下雪前特有的乾冷與肅靜，希斯路機場搭機飛回台北。

根據報導，恐怖分子預謀以地面導彈襲擊民用航機，整個機場進入戒備狀態，軍隊與警方在機場周圍與路口監視巡邏，空氣裡瀰漫著緊張和未知的危險。

然而，面對可能的威脅，芝蘭沒了驚恐慌亂，眼前即使是地獄鬼門，她都會無所畏懼的跨步前行，生活已經沒有生死或未來，她不知道這是悲壯還是冷絕？

直到飛機起飛，探頭看了雲層下的城市，她才意識到：這是真的告別倫敦，關於五洋、Tomoko 和那一條街的記憶，那個在朦朧中白鴿飛翔的夜晚，還有心裡那一道傷口，二十歲生日的創痛。

Tomoko 在伊眉兒裡說：五洋回來了，但沒趕得及跟你說告別！

這樣就好！芝蘭心想。

周大為牽牛渡海

水牛莫莫出現在中環往榕樹灣的四號碼頭時，乘客正三五成群往渡輪的閘門走去，人群裡有男童驚呼：恐龍！大恐龍！

一個紮辮子的女孩興奮得手足舞蹈：拍電影了！拍電影了！我要看劉德華！人群掀起一陣騷動，紛紛探頭張望。

吊臂卡車上的一隻怪手正將一頭灰黑的龐然大物從吊籠放下，一股牛騷兼糞臭隨著港口的風撲散開來！

香港這樣的地方不時有戲在現實的場景上演：穿制服的警察、持槍打劫的盜匪都可能是戲裡的演員，街道上經常有電影攝製組的人在安置道具，以致真的打劫案發生，路人也分不清是真假？戲裡人生大家爭相查看，真實事件反而視若無睹，曾有高空建築物墜下鋼條刺中路人的意外事件，群眾冷眼旁觀無所反應，以為是黑幫電影的打鬥情節。

水牛莫莫在中環碼頭的出現也像一幕超現實鬧劇，牛主周大為個子瘦小、一頭曲卷的蓬鬆亂髮，鼻樑架一副又圓又厚的深度近視眼鏡，與蠻憨老牛出現在摩登現代的港島中環，是非常周星馳的無厘頭。

人群裡有人開玩笑說：這算哪門子的街頭行為藝術？讓大為靈光一閃：也許，維多利亞港的一頭老牛，可以成為某種申述的主題或者傳達某種旨意？

現代人的生活已經數位化、物質化、無人駕駛的電動車就將出現在街頭，高科技是否帶給人們更多福祉與快樂？節奏快變化大的生活方式，人們扭緊的神經沒有鬆弛的一刻，壓力四面八方襲來，一分一秒的時間就像定時炸彈一樣在臨爆的腦殼與繃緊的神經之間逼迫。相對於牛這種緩慢、溫順、吃草、反芻的物種，能否給現代人一點反思和啟示？

人類已經逐漸失去與自然和諧共存的基本原則！大為想起曾經參加過的禪修營，不准開口說話，不准使用手機電腦電視一切電子產品，三餐茹素，每口飯咀嚼五十次，每天五點起床行禪，一種在行走中實行禪修的方法，走路時掌握呼吸節奏配合腳步韻律，以緩慢、專注、平和、自然愉悅的腳步行走，讓呼吸與步伐的節奏韻律融合在均衡的正念中，達到行禪的定靜，享受行走的自在喜悅，所謂步步微風起，步步蓮花香。

眼前，貫通碼頭和國際貿易中心大樓的天橋上，行人比肩接踵，一個個步伐匆促一副要務在身的緊張模樣。大為突發奇想：世界上再沒有一個比香港中環這樣的地方更適合行禪，這小小的心臟地帶是港島密集的國際商業金融中心，每到中午或上下班時刻，所有凌空架高或地底貫穿的天橋或地道塞滿各式人群；如果每天午休或下班時段能有十五分鐘集體放鬆自己，停止掛慮、放下壓力、就地行禪，該是多壯觀的全民修行養身運動？而且，只有香港這樣的城市，中環這樣的地方，最適合集體行禪，因為天橋地道遮風擋雨，沒有汽車攤販雜物，純粹的人行走道，簡直就是為行禪而存在的絕妙之地；台北、紐約、東京、上海都沒有這樣四通八達的通道設施，只有像中環這麼集中又精密完善的建築結構群，才有可能讓所有身在其中的人，從容自在隨時停下就地行禪。

這些空中走道，遮風擋雨，從濱海國際貿易中心（ＩＦＣ）往西，一路可以通到郵局那邊的大會堂，繼續延伸到太子大廈、東方文華酒店、置地廣場，再到法院、半山公園，對面還有面海的力霸樓群、統一中心，直達金鐘太平洋購物中心，香港特殊的城市建築風景，獨一無二的集體行禪場地，放上網絡，說不定可以蔚為潮流，風靡世界。

這個集體行禪念頭讓大為振奮不已，彷彿就要在人類社會發起一場精神啟蒙運動。憑著在報社工作的背景和經驗，他認為此事大為可行，只要徵得交通運輸署同意，在報紙媒體網路廣發消息，甚至可以將一行禪師從法國南部的梅村總部請來主導；一行禪師聲名遠播，即使在香港本島也有為數不少的隨從信徒，一定能讓行禪風行世界，蔚為現代人修禪養生的樂活風範，那正是一頭水牛引發的一場心靈革命。

大為透過深度近視眼鏡，看到水牛莫莫正痴痴的凝望著他，似乎明白他內心的狂喜和騷動。

渡輪即將啟航，大為興奮的牽著莫莫去票亭買票，內心醞釀著水牛和行禪的未來願景。碼頭內乘客聚集，群眾交頭接耳指指點點，莫莫不安的甩動尾巴，大為在賣票的窗口說：一個人，一隻牛。

死牛？活牛？票窗職員以為是島上肉販運送冷凍牛隻。大為說是活牛，那人探頭朝窗口望一眼，立刻說：牛隻不能上渡輪！

為什麼？貓狗雞鴨都可以上渡輪！大為不解。對方解釋：基於公共安全理由，渡輪公司有史以來從沒載運過水牛，不能冒險，一艘兩層渡輪乘客三百，萬一牛在渡輪上發飆或失控，乘客要往哪兒疏散？出事誰負責？

票務員態度堅決完全不肯通融妥協。大為一時不知如何是好？後頭排隊等著買票的乘客開始現出不耐的神色。

莫莫敏感到周圍氣氛的騷動，發出哞哞的叫聲。有個調皮大膽的男孩，伸手抓了牛尾一把，莫莫頓時發威，牛尾用力一甩，正中男孩腮幫，嚇得男孩捧著臉頰哇哇大叫，莫莫也從鼻孔吁吁噴出怒氣，前蹄輪番踩踏，就像鬥牛發飆之前的攻擊架勢。

大為慌張失措，一時不知如何安撫躁動的莫莫，一直以為牛很溫順乖巧、習於聽命，眼見牛脾氣就要發威，想拍拍牛背又怕激怒莫莫，他生平最怕女人發脾氣，沒想到面對母牛一樣沒轍？

「我是你主子！」大為挺起胸膛裝模作樣，指著莫莫的朝天鼻故作權威的說：你要聽話！不然會被送去安樂死！

「這是威脅恐嚇！」旁邊一個帶印度腔的男子用英文說。

「你以為牠聽得懂？」大為很不以為然。

「既然不懂，你何必對牠認真？」男子反駁。

就在此時，莫莫冷不防在眾目睽睽之下屙了一坨褐綠牛糞，接著再一坨，又一坨，三大坨堆疊在一起像巨無霸冰淇淋，溫溫的冒著熱氣發出淡淡的草腥味。

生命就是一坨大便！大為忍不住笑了，真有幽默感的牛。這城市到處有專為狗仔和人類設置的公廁，就是沒有牛廁，身為港島瀕臨滅絕的少數物種，生存總有太多的不便與艱險。

渡輪公司裡的職員拿著掃帚畚箕，板著一張臉憤憤的清理了糞便，一邊叫大為趕快將牛帶走，不然就要報警處理。

報警？隨地大小便會被開罰？還是牛在公共場所可能造成的安全問題？這些都是大為在領養莫莫時所沒有預料到的情況，如今，又多了一項如何將莫莫運回離島農舍的難題？他搔著腦袋瓜，一籌莫展。

渡輪公司職員滿臉疑惑的看看大為，再看看旁邊的水牛，帶著警告說：「牛脾氣可是不好惹的！你一個腰身都不如牛腿壯，要把牠帶去哪裡？」

大為羞赧的解釋：莫莫是他剛從大嶼山收養的流浪牛，正準備搭渡輪回南丫島，但窗口的票務不肯賣票給活牛，正煩惱如何牽牛渡海？

渡輪公司職員告訴大為：碼頭附近就有運輸建材的小貨輪，可以試試。

大為牽著莫莫沿著碼頭走往小貨輪所在的方向，很幸運找到願意載牛渡海的船主，一場非典型的行為藝術表演總算安全落幕。

在小貨輪起伏跌宕的甲板上，莫莫張著四肢穩穩的站著，似乎知覺到置身不安的海域，一路上豎著耳朵，警覺著周遭環境，海上風聲倏倏，海水顛簸船身晃蕩，大為一路默禱：莫莫不要在船上發飆，好讓大家平安抵達。

船行至半途海域，引擎突然熄火，船主跟大為說：風浪偏大，擔心牛隻受驚失控引起船身失衡造成行船危險，他不想冒不必要的險。

大為不安的詢問船主關於風浪、天氣以及可能的風險，船主支支吾吾說不出個所以然，也不肯發動貨輪，看樣子是執意不走。大為問船主有什麼解決問題的辦法，船主也不相瞞，坦白就說：他也是辛苦要養家的人，冒著風險載他和牛過海，總要多給些費用，起碼要加個五百（港元）。

原來只是一點費用問題，大為鬆了口氣，爽快掏出一張五百元大鈔。雙方皆大歡喜。馬達噗噗噗重新啟動，牛和人終於順利抵達榕樹灣碼頭。

下了渡輪，大為牽著牛繞過村子走後山的路，避開村裡大街的商家與路人，後山的路經過山窪谷地，山頭盤踞著老鷹、土地公在樹下坐禪；涼風徐徐，牛步緩緩，大為和莫莫悠然漫步山路小徑，享受著人畜共處的和諧默契；莫莫任由大為牽著走，對主人表示出絕對的信任與依賴，讓大為初次有了生存的價值感，那是他和女友在一起時所從來沒有感受到的，在米麗面前，他甚至缺少自尊和信心。

「你是我的幸福關鍵，我的冒險旅程。」大為忍不住對著水牛莫莫傾訴衷曲，彷彿莫莫是他的知心伴侶。

小時大為曾經想當農夫，來到島上祖父母的農舍，牛背上牧童短笛的田園景象，使生活在城中高樓矗立如石屎森林的大為嚮往不已。不幸六歲那年在馬場裡就被馬咬住頭髮不肯鬆口，自此得了恐馬症，連帶也懼怕跟馬類似的牛，都是身軀雄偉的龐然大物，都有一張大嘴喜歡吃草、咬頭髮。

當時，父親說：就是因為你膽小馬才欺負你，如果你比牠強壯有膽識就可以掌控牠。

母親說：你的頭髮亂得像野草，馬才當是糧食咬了吃。

大為心裡委屈憤怒，頭髮像野草也是生下來就如此，要怪還該怪母親為什麼沒生給他健康漂亮如絲綢的頭髮；何況，身為父母對受到驚嚇嚎啕大哭的大為，既沒給予適時的安慰同情，還用言語打擊他本來就脆弱的信心；大為果真就長成人們眼中膽小怕事的男生，失去自我做主的能力；成長過程中，父母一面過度保護他，一面恨鐵不成鋼的怨嫌他，大為不知不覺成了一個因無所適從而習慣聽命的人。

「活到三十六歲，我從沒有做一件完全根據自己意願選擇的事！我沒有自己！」那是三十年後大為遇見莫莫之後的覺悟。初次與牛四眼相對，他在牛眼裡看到自己的順從和軟弱。

莫莫是大嶼山被人棄養的流浪牛，在麻布村附近出沒近七年，原飼主離世後，年輕的後生進了城都不再回村，村裡只剩老弱婦孺，再沒人有力氣犁田耕地；所幸，方圓幾里水草豐沛，莫莫逐水草而食，一晃也過了數冬，一直平安無事。直至近年緣於氣候異常加以土地開發，水牛的生活環境受到限縮和干擾，遂有南移跡象；及至二〇〇三年大旱，草糧不濟，莫莫開始出現在麻布村向村民索食，村裡孩童隨手拿香蕉餵牠，牠食髓知味，三番兩次前來索食，久之成家常便飯；由於莫莫性情溫和，村民亦不以為意，任牠四處遊走，意外也因此發生。

月前，莫莫在村裡遊走時撞倒一位騎士，連人帶車翻落路旁水溝，肋骨被機車壓斷，有目擊者說：是騎士醉酒撞到莫莫！作為一隻無法言語的牛，莫莫無能為自己申辯。流浪牛不幸成了肇事者，遭到拘捕的命運。

想是命中注定，那天大為正好前往大嶼山採訪走江湖賣膏藥的老先生，回程在碼頭附近的麻布村遇見一群人正在捕牛，獸醫以吹箭射出麻醉劑（吹針），一頭體重起碼七八百公斤的牛在他眼前搖搖晃晃終致癱瘓倒地。

親眼見到活生生的龐大身軀在眼前癱倒，真有大山崩陷的驚心；即使從小怕牛，大為還是壯了膽趨前探看。牛腿中了三支麻醉劑，牛蹄還不時抽動，漁護署（漁農自然護理署）的工作人員正準備用繩網兜起水牛，旁邊候著一輛吊臂卡車。

大為問那些工作人員：牛怎麼了？要送去哪？

工作人員回答：要運往打鼓嶺行動中心（漁護署所在地）等獸醫診斷後，將人道毀滅。

大為吃驚：為什麼要殺牛？還用這麼斯文的說法：人道毀滅。

對方回答：受隱私法保護，無可奉告，他們只是執行公務。

以記者的職業反應，大為立刻打電話到漁護署查問究竟，電話裡的回答說：有民眾檢舉，漫遊的流浪牛具傷害性，危害公眾安全，引起不安，必須處置。

大為看一眼癱在地上的牛，心有不忍，伸手摸了摸牛頭，牛突然撐開又厚又皺的眼簾委屈無告的看著大為，眼角帶淚；那是一雙預知命運的悲傷眼神，一雙絕望無助的眼睛，那種祈求諒解，渴望獲得安慰的神色觸動了大為的心，牛眼閃著晶瑩淚光，那淚光在夕陽的折射裡像一道溫柔的啟示。

動物有感知、也有恐懼，大為相信牛對他傳達了某種關於生命的神祕訊息，與牛眼對望的那一剎，大為內心咯啦一聲像靈啟，一束光照亮心室暗角，那暗處藏匿著從小被父母指令所禁錮的膽小怯弱的自我。

大為內心汩汩湧動，有如春天破土而出的新芽，汲汲探向天空仰望世界。

大為向漁護署抗議捕牛行動，同時電報動物保護協會，請求他們出面制止漁護署的進一步行動，接著通知報社麻布村現場正在發生的事，促使漁護署工作人員不得不暫停行動，向上級請示後延緩執行任務。

為免水牛遭遇不測，大為當場決定收養水牛，保護動物協會的人告訴他：島上的流浪牛隻都是農牧業隨著社會商業化之後遭淘汰的犧牲品，這些年來數量逐漸減少，全島只剩七隻，屬於需要保護的瀕危動物，平常只要不受到騷擾，牠們一向與村民相安無事。

與牛相比，人具有靈長類充滿智慧的臉孔，一對可以迅速掃描周圍方圓一百八十度的眼睛，天生是掠奪者的本色。大為看過一個攝影師將人臉獸化，獸臉人化，隱喻人獸之間的曖昧；人體內潛藏著慾望的獸，躲在隱祕幽暗處，入夜後蠢蠢欲動，以狼的狡猾、狐狸的妖媚，裝模作樣，躡手躡腳跟隨人後，人一轉身，獸就落荒而逃；滿街的獸恍如現代人的靈異變形。

人其實比獸複雜凶險，人獸之間能否建立互信和友愛？

那天從麻布村回家的路上，大為已替水牛取好名字叫莫莫，他打算將莫莫帶回南丫島祖父母留下的農舍，祖父母相繼過世後，農舍已荒廢多年，因地處偏僻交通不便，小時寒暑假去看祖父母，都是從香港仔搭舢板過去，省得山路崎嶇小孩走不動。中學後隨父母移居澳大利亞，直到一九九〇年畢業隻身返港定居，農舍在風吹雨打中早已破舊失修，野草叢生。

為了莫莫，大為決定改變生活方式，他一向缺乏決斷力；但莫莫讓他回想起過去在島上的歡樂童年，他聽見內心深處有一絲微弱但清晰的聲音，那聲音是孩提時代天真無邪的自己，那個喜歡看雲、愛聽鳥叫、愛看藍天大海，愛作夢的快樂孩子。

大嶼山遇見莫莫的那個週末，女友米麗意外打來電話約見，大為正打算去南丫島看看農舍，順便也就邀了米麗同行，兩人從年前九月南美度假回來已持續冷戰一段時日，起因是在智利時沿著海岸開車要去詩人聶魯達為情婦瑪蒂爾德•烏魯蒂亞在黑島所蓋的房子，那房子蓋在岩石遍布的海岸線上；路上經過一家釀酒廠，米麗一向熱衷品酒，堅持要先去酒莊試飲，大為擔心時間不多，品完酒天色暗下什麼景色也看不到，路況又不熟；米麗卻堅持非去不可，一邊還牢騷大為沒情趣，不懂享受；大為一時分神在岔路口走錯方向，那時沒有GPS這麼先進的駕駛導引裝置，大為習慣性的等著方向感敏銳的米麗指示去路，米麗抬頭看一眼車窗外的樹影就說：左轉。

大為毫不遲疑的將方向盤打左。

米麗忽然尖著嗓門大叫：左邊是山崖根本不可能繼續開下去，我叫你跳崖你是不是就會跳？

大為沉默不語，他早習慣米麗的脾氣，以不變應萬變。這讓米麗更氣，忍不住又說一句：你什麼時候才會硬起來？

那話脫口而出本來無心，不幸意外造成大為的不舉；自此，每遇房事就像中學會考那樣因緊張過度而失常，雖然事後米麗幾度道歉而且竭力企圖修補，無奈損傷已經造成，無可彌補也難以修復；男人的自尊極其強大又脆弱無比，那句無心之言成了致命一擊。從此兩人的關係裡埋藏著火山地雷，上床成了跟上戰場一樣令大為心驚膽戰。

兩人的問題不僅如此，大為習慣早睡早起按時運動，喜歡簡單自然的樸素生活，不抽菸不酗酒不賭博不夜遊不失眠也沒憂鬱躁鬱，在米麗眼裡，那正是問題所在，她嫌他太正常太單調太乏味，老來會得痴呆症；米麗熱愛夜生活，喜歡一切摩登時髦現代極端的事物，她是那種參加幾場新聞發布會、電影觀賞會、名人宴會、時裝表演會，就可以隨手掰出一篇篇圖文並茂活色生香八卦兼煽情的文章來的人，還經常可以出國旅行觀摩或採訪。

大為長期工作太忙，太累、不時抱怨工作不合心意，卻從沒見他有任何改變現狀的念頭或計畫，任由問題持續蔓延擴大，她逐漸就對這段感情失去「投資意願」。青春是女人唯一的資產，而時間無情，必須善加掌握。兩人的關係也就日漸降溫失熱。

大為初始覺得米麗善於經營算計，正好彌補他的糊塗懶散消極順命，她連在餐館吃一條活魚都會算計斤兩，讓人就想這一輩子跟在她身邊就很放心。

如今，恐怕一開始就判斷錯誤，米麗沒放過對他的精打細算。

兩人當初之所以會在一起，居然是因修禪和素食，對大為來說，那是為了修身養性，但米麗當禪是時尚風潮，吃素是徹底的純素，連皮鞋、皮製品都不穿不用，那是她認為的「酷」；兩人個性南轅北轍；而大為之所以忍耐，是因米麗是唯一沒在初次約會之後就把他刪除作廢的女性，那是為什麼他一直願意對米麗卑躬屈膝忍氣吞聲，內心到底對她存有一份感激。

當初兩人在禪修營初識，期間禁語，不說話的米麗神祕冷絕對大為具有無比吸引力，後來發現米麗是個剽悍強勢的女子，而他們還繼續在一起，多少也有物物相剋相生以及陰陽互補的道理吧？大為膽小被動而米麗精於操縱支配，他們共同的盲點是：總是在錯誤的地方尋找幸福，在錯的人身上寄託愛情。

一路來到南丫島，大為保持一如既往的體貼周到，唯在內心已不存寄望，這是所謂悲觀主義的樂觀哲學，避免自傷太深的心理安全防衛措施，他主觀上已經認定米麗是不會再要理他的了。如果萬一沒有拒絕，那就是天上掉下來的意外驚喜。

島上有山有水有漂亮的沙灘，有露天茶座、酒吧、食肆，就是沒汽車、沒高過三層大過七百平方尺的建築，沒超級市場也沒戲院，莫莫如果來了，就會多一頭水牛，可以增加自然景觀資源，來日，時機成熟，就開始計畫慢活、行禪。

小島幾百戶人家幾千人口，廣東話、英語和菲律賓達加農語、德語、法語、義大利語、巴基斯坦語、甚至日語都在島上出現，還有九七香港回歸後急速增加的普通話，土洋雜處的國際村；一個面積僅有五平方公里，五小時就足以徒步環島一周的小島。

大為興味的介紹著島上風土人情，米麗埋頭走路，汗流浹背。通往農舍的山徑雜草密布，大為折了樹枝邊走邊打蛇，島上有青竹絲、百步蛇、眼鏡蛇、龜殼花，還有蜈蚣、虎頭蜂，每年還會發生幾宗狗咬人事件……。米麗已經忍耐許久，不想繼續再聽，大為卻故意說個不停，像個鬧彆扭的壞孩子。

小時候住農舍，晚上睡覺，蜈蚣會爬進蚊帳裡，鑽進頭髮裡；早晨起床，穿褲子就一起把躲在褲管的蜈蚣穿上身……。米麗掩耳大叫，大為心裡竟有一絲報復的快意。

農舍位於背山面海的山丘上，往下有小路通往沙灘，在大為眼裡這是遺世獨立的世外桃源，他相信自己的基因裡有親近土地的渴望，那是為什麼他一直不適應現代電子化網路化的生活，扭緊的神經沒有鬆弛的一刻，鋪天蓋地而來的資訊幾乎要擠爆一個人的腦容量，面對著島上的山山水水，大為更堅定了辭職的念頭。

米麗眼裡所見盡是破落的屋瓦、坍塌的脊樑、牆角的蜘蛛、石縫裡的蜈蚣爬蟲。她從小在灣仔街市邊長大，幾次來到島上都是一夥人集體吃海鮮大餐，吃完杯盤狼藉一堆蟹殼蝦殼蚌殼又稀里嘩啦的集體離去；記憶中的南丫島就是碼頭兩旁那一排燈火通明人聲喧譁的海鮮餐廳，還有一次去到山腰面海叫閒樂園的餐廳吃鴿子大餐，一盤十二隻金黃酥脆的烤乳鴿，沒一會工夫就被吃得剩一堆細碎的鳥骨，連腦袋都被咬開吸乾腦髓，淋漓痛快；那就是她對南丫島全部的認識和記憶。

農舍地處偏遠又受山背阻擋，收不到網路電訊，米麗一邊看手機一邊牢騷：這裡沒 WiFi、沒超市、酒吧裡盡是邋遢的嬉皮和狗，出一趟門要走三十分鐘的崎嶇山路才到碼頭……，這種鳥不生蛋的地方，有什麼好玩？

米麗覺得自己被島嶼囚禁了，沒自由也沒安全感，迫不及待想要回到她所熟悉的文明世界。

大為說：沙灘可以游泳、山道可以健行、新鮮自然的空氣二十四小時免費供應，你每月交六百港幣會費，去一個二十公尺小水池游泳，會比得上這裡的藍天大海、青山綠水逍遙自在嗎？城市裡的噪音、空氣污染，就叫文明生活嗎？

是！米麗斬釘截鐵的回答。

農舍裡只有兩把搖搖欲墜的舊藤椅，一張簡便的折疊桌，沒有一個舒服的地方可以好好坐下休息，但窗外可以望到山腳下綿延的沙灘，一扇敞開的木門，海風呼呼吹來，屋前是棵老鳳凰木，屋後山坡長滿芒草，大為準備辭職後開墾了種果蔬，他還打算找回祖母過去做鹹菜、豆瓣醬、腐乳、蘿蔔乾等古醃漬法，屋簷下一堆閒置的陶罐，都是過去祖母存放乾糧漬物的容器，正好派上用場。

大為興致勃勃，他自小喜歡舊器物、舊家具、舊房子的氣味、家裡也有不少舊碗盤、茶杯、茶壺、舊瓷磚、舊海報、舊照片……，他喜歡歲月留在器物的痕跡，喜歡滄海桑田的人事變遷，他懷古戀舊，甚至相信自己是上一輩子活過的人！

養牛種地曬蘿蔔乾能過活嗎？米麗總是幹練實際。大為還沒考慮到現實的生計，米麗就敗興的說：與其浪費時間做這些事，還不如來幫我打掃衛生！

以往，米麗這麼說，大為就會專程趕去認真替她拖地板抹窗戶，他自己也不甚明白為什麼甘心對女人卑躬屈膝；也許，他需要一點被人需要的存在價值感？還是他也享受被人支使奴役的快樂？這回，他卻只是笑而不語，讓米麗有點納悶不解。

根據慣例，米麗這麼說只是慣性行使她的權力操縱欲，但這次她的弦外之音是：「我們不如和好吧，我喜歡你幫我打掃衛生！」若再延伸下去就是：「有空不如來我家吧！我喜歡看到屋裡有你在，喜歡被你寵著，受你照顧。」

大為出乎意料的說：我找到新女朋友，莫莫，我要搬來這裡跟牠一起生活！

米麗的眼睛瞪得銅鈴大，驚得半晌說不出話來，難怪他都沒給她電話，原來如此。米麗的震驚遠遠大過她的失望，她還來不及傷心，驕傲讓她不肯相信大為會對她做出背叛的事，氣得一走了之。大為聳聳肩：suit yourself，由你自便吧！

大為一直沒告訴米麗：女友莫莫是一頭水牛，而且，是一頭沒人要的老水牛！

辭職的決定，讓大為快樂得像隻出籠的鳥，解放了經年積累的抑鬱和壓力，他原在副刊編文學版，一直注重本土文學，卻遭崇尚開放多元國際化的上司調到生活版；上司說：生活版更需要他這樣的人。大為信以為真，提出返璞歸真才是二十一世紀的新趨勢；真正健康文明的生活是回歸對土地的信仰，對自然的愛護，他根據這樣的信念策畫一系列人與土地相關的專題，探訪那些將要消失的古老行業。

上司多次提醒他：香港寸土寸金，老百姓只能顧及現實生計，要大為多注意國際藝文動態趨勢，尤其是內地發生的事。大為深信：真正的風潮是原始獨創，而非跟風追浪；媒體人要查眾人之不查，知曉眾人之未知，就因大家無所洞見才應大力提倡，新聞媒體該有先知先覺先行的敏銳觸角，創造潮流而非人云亦云隨俗從眾，並且要經得住寂寞耐得起孤單。

然而，天不時地不利人不和，港島經歷金融風暴，大部分人都有危機意識，大為的理想被評為不切實際，上司不時對他施壓，報社轉型更版縮減開支，閱讀率低的欄目將先考慮撤換。

大為其實預感風雨欲來，也在思量對策，莫莫出現，正好給他辭職搬到島上養牛種地的藉口和理由，他也不想再聽公司無聊的閒言閒語或裝腔作勢的官腔官調，明爭暗鬥的權力鬥爭，裝模作樣的人際關係。

大為相信：馴養一頭牛，不會比駕馭一個女人或跟上司相處更具挑戰性；牛不懂權勢、不拍馬屁、不虛偽不造作、不玩權術也不會背叛，甚至還對主人忠心耿耿、鞠躬盡瘁；不像在辦公室裡那些人，AK勢力，PL精明，YS口蜜腹劍，上司也是小心翼翼隨時在算計的人；做人很苦，好脾氣被人欺負，壞脾氣被人控訴，做個男人一早睜開眼睛就要戴上一個甲殼面具裝硬漢去面對世界，誰知道那樣一個甲殼比蛋殼還脆弱，而世界又充滿虛假和殘酷。

大為想辭職後開始一個全新的生活，一直以來他也不喜歡網路化的電子世界，跟不上那些日新月異的科技新產品，現代人以為宅在家裡自由自在滑鼠漫遊網路大千世界，駕著科技的翅膀翺翔虛擬的世界，不受時空限制，讓機器遙控了身心還自以為享受了文明科技的妙處而沾沾自喜；不知道從此難逃小小遙控器的方寸掌心。大為寧可活回過去，一個人用手用腳用腦袋用力氣徒手和世界打交道的狀態；簡單說，他自認是一個不合時宜的過時之人，這也解釋了何以會和一頭水牛一見鍾情。

三月，大為正式遞上辭呈，一週後辦妥水牛收養同意書，以牛和春耕作為生命嶄新的起始。

水牛莫莫遠從大嶼山乘貨輪渡海來到南丫島，大為牽著莫莫漫步在山間小路，悠然朝著農舍的方向前進，小路經過後山墳場，平常少有人煙，這天卻迎面來了一個拄杖的婦人，火紅的花棉襖特別顯眼，駝著背低頭疾行彷彿在趕路，路不寬，牛和人擦身勉強可以通過，但需要小心防備以免互相碰觸。

大為早早準備引牛靠路邊，但牛頸僵硬不聽使喚，大為用力拉扯牛繩，莫莫也無動於衷，大為終於見識到了牛脾氣，只能期望婦人能及時閃靠路邊，彼此安全錯身。莫莫卻在毫無預兆之下，突然頂著牛角朝著婦人直衝過去，婦人嚇得緊急後退，一時重心失穩跌落路邊草叢，剛好閃過牛蹄的踩踏和牛角的撞擊。

大為一邊呼叫莫莫，一邊奔向婦人將她從草叢裡拉起來，婦人滿臉驚恐，雙手捂在胸口叫嚷著：驚死！她—心臟—快—要停了！

大為緊急打電話叫救護車，眼睜睜看著莫莫一路狂奔，迅速消失在小路盡頭。

島上專用的迷你救護車來了，隨行的醫護人員拿出聽診器檢查婦人心臟，脈搏大致正常，只有輕微心律不整，基本上無大礙，醫護人員認為婦人只是受了驚嚇，休息休息就沒事，但婦人堅持她胸口絞痛呼吸困難，非去一趟醫院不可，否則萬一出事，警方要負全部責任，婦人橫躺在地堅持無法起身，員警只好打電話安排直升機送她過海去港島醫院做檢查，同時留下大為和莫莫的資料。

消防局派出三輛專門行駛山路的小型消防車，分頭追蹤莫莫。島上一向寧靜無事，牛奔掀起全村的慌亂與騷動，牛一旦失去理智，路人必須及時閃避，不小心被發飆的牛腳踢到或踩踏，那殺傷力絕不遜於一輛高速行駛的摩托車。警察拿著麥克風在村裡廣播：提醒村人看到牛隻請勿靠近，不要驚動水牛、並及時通報警方，儼然在緝拿通緝犯。

消防車往北搜索了北角村、往南到洪聖爺沙灘，翻山越嶺去了蘆荻灣，都未見水牛蹤跡。莫莫成了公眾安全的潛在威脅，警方決定調遣直升機從上往下做地毯式搜索。平時島上如果出現直升機，一定是發生緊急事故，比如孕婦臨盆、清明節祭祖引起火燒山，或者狗咬人，毒蛇傷人、其他被蜈蚣蜜蜂螫咬都有，尋牛任務還是第一遭，整村鬧轟轟都在議論牛奔事件。

警方找不到莫莫，認定大為沒盡到看管牛隻的責任，造成公共安全的威脅，事先警告大為：找到牛後必須帶回警所看管。

大為難以據理力爭，莫莫況且還有前科，這回如果再被拘捕恐怕凶多吉少，收養一隻水牛，並不比駕馭一個女人容易！大為自認失算了！

隔日一早，直升機就出現在小島上空盤旋搜索，引擎掀起狂風飛沙，發出刺耳噪音，整個島嶼彷彿陷入蠻荒暴亂的失序場景裡。北角村來了幾個農夫悻沖沖聲討水牛飼主，原來莫莫一路奔經北角村，沿途踩壞農家菜圃花苗和果樹，任誰都無法阻擋，一陣瘋狂破壞後揚長而去。

來人向大為控訴被糟蹋的菜園和果蔬，總計：撞歪木瓜樹三棵、撞倒籬笆三米、踩崩水溝五處，踏爛的芥藍、油菜、水芹、大蔥，約十來斤……，另加一座被牛踩塌陷落的墳塚，需要另備生果供品擇日祭拜。

大為不知如何補償這些人的損失，帶著萬分歉意掏出幾張鈔票，懇切的請他們收下，拿去好好飲頓早茶。幾個農夫臉上綻放出花朵一樣的笑容，欣然離去。

北角村來的農夫認為莫莫應該就在北角村附近不遠，牠已經跑了頗長一段路，不可能還有多少力氣馬拉松式的跑下去，不如循著牛的腳印找去。問題是，除了那片被糟蹋蹂躪的菜圃，莫莫並沒有留下多少可辨識的足跡，因為山路上若非鋪了水泥就是長了野草。

最後，是北角村一位蕉農發現了一隻水牛在他地裡的水池懶懶的躺臥著，渾身是污泥。農地主人說，水牛身上缺少汗腺，白天酷熱，躺臥在泥漿裡翻滾納涼，直升機從上往下視線被樹蔭遮住是以沒看見。

在場的所有人和消防隊員、警消同仁都沒有捕牛經驗，面對著莫莫，一個個大男人仍不免戰戰兢兢，深怕觸怒牛隻，農地主人說：牛的記憶力驚人，而且，如果受傷會堅持尋仇、攻擊力強悍，最好由飼主出面才有辦法控制牛隻。

大為只能望牛興嘆！眾人看著他纖細的手臂，沉厚的近視眼鏡，沒人寄望他動得了莫莫一根汗毛。

最後，來了村裡一位有飼牛經驗的老農夫，用一條繩索套住牛角，吆喝一聲，扭一下鼻扭，莫莫就乖乖順從了。老農夫說，那是水牛最敏感脆弱的部位，只要掌控那根穿過鼻孔的麻繩，水牛絕對服從，無敢違逆。大為打趣：如果能這樣駕馭悍女該有多好！

被直升機送往港島醫院的紅衣老婦，不幸真的心臟病發作，但不是因為莫莫，而是直升機一起飛，四周颳起的亂流與發出的噪音驚嚇了她，等她朝下一望，發現直升機懸在高空，下面是波浪洶湧的海水，一嚇就休克了！

村人閒話都說那老婦人得不償失，說她原本只是藉機想搭一回直升機，因為一輩子沒出香港，沒搭過飛機，能搭上一回免費的急救直升機總算一償夙願，結果不幸真的嚇出心臟病，弄假成真。

事後，大家推測：莫莫之所以發飆，可能是因為婦人身上的紅衣，之前在麻布村出事的摩托車騎士，據說身上穿的是紅夾克，騎士可能酒醉撞倒莫莫，莫莫因此對穿紅衣的騎士記恨；但牠老了，二十一歲在牛界算高齡，視力一定不好，腦力大概也退化，看到一團火紅就撩起前仇舊恨，本能的發動攻擊。否則，好好牛隻為何突然發飆起釁呢？

警方以公共安全為由，堅持將莫莫帶回派出所看管，否則萬一出事，莫莫很可能會被送回漁護署遭到安樂死的結局。

為了恢復莫莫的自由身，大為徹夜思索對策。隔日清早，趁著港灣茶樓裡還聚集著飲早茶的村人，市集還沒結束，大為拿了鍋子鑵子到村子中心的老榕樹下敲敲打打，為莫莫聲援請命。

人群很快聚集過來，島民、遊客、男女老少中外人士，紛紛簽名支持大為的護牛行動，每一班渡輪都帶來上百人潮，那天正巧是天后娘娘生日，島上有粵劇公演，遊客眾多，大家湊熱鬧似的都來簽名支持；他們是外來者，喜歡看到水牛吃草的鄉間田園景象，保護動物是現代公民理所當然的公德和共識。

一天內收集到的一千零四個民眾簽名沒有說服警方，他們堅持：職責與公共安全是考量的最高原則。簽名並不能保證牛隻的絕對安全。

大為不死心，繼續向環保單位求助，找了一向維護動物權益的 Body Shop 支持，又向立委、區委陳情，報紙也報導了莫莫的處境。經過四天努力，大為收集到四千多個簽名支持，有愛護動物人士建議成立保護水牛協會，確保水牛在島上得以安居樂業。

莫莫成了家戶喻曉的明星。有人歡喜，有人憂愁，也有牢騷抱怨；關心環保熱愛自然的樂活派都期待有水牛同在，重拾過往農家悠然自在人畜共處的和諧安樂。

憂愁的是有小孩的父母，擔心孩子不小心招惹了牛，牛發飆狂奔撞到孩子踩破肚皮踢斷肋骨都是可能的事；孩子不懂事，沒經過調馴的牛還有野性、攻擊性，小孩在外面本來可以隨意騎車，到處打球放風箏、走山路，一頭有暴力傾向的牛像不定時炸彈，隨時威脅島上村民的人身安全。

其他的牢騷抱怨的是：為一隻牛小題大作，勞師動眾，未免無事找事。

這世界要每個人歡喜高興不是件容易的事。正反兩派爭論不休，各持己見。每天在海灣茶樓喝普洱吃腸粉看馬經的一位耆老，悠悠然吐一口煙說：人決定不了的事不如問天。人法地，地法天，天法道，道法自然！

這個提議，意外獲得所有人的一致贊同；大為於是領著一眾村民浩浩蕩蕩來到村尾的天后古廟，天后娘娘頭戴后冠身著金裝慈眉善目的俯視眾生。大為自從上學以後就不曾再進廟裡燒香拜佛，這天，他特別嚴肅認真的點了三炷香，跪在蒲團上虔誠的向天后娘娘祈求，讓莫莫可以留下來過安全自由的日子！

天后娘娘顯然贊同大為的壯舉，一次就賜給大為一正一反的勝杯。

二〇〇三年三月，「保護水牛協會」在島上正式成立。

從派出所領回莫莫，大為像牽一個乖巧的媳婦，一前一後走在山間小路，野草芬芳，夕陽燦爛，疲憊的身心洋溢著一絲絲歡喜和驕傲。

大男人

第一次走進西方的超級市場，導演看見光潔明亮整齊排列的貨架裡，琳瑯滿目擺著從新鮮蔬果到雞鴨魚肉罐頭五穀雜糧到居家日用的各式貨品，人們推著設計精巧的購物車悠然自在的從容選購，就像天堂樂園的景象，他內心激動萬分熱血沸騰，忍不住破口大罵一句：他媽的！

那年頭，他所來自的國家，還有許許多多三餐無法溫飽的人家！

那是一九八八年五月，導演受邀到紐約參加國際電影節，從塵土飛揚的西安大雁塔路來到摩天大廈林立的大蘋果紐約；生平第一次出國，第一次在所謂民主國家的土地上體驗現代文明生活，為西方物質的富裕充足與人們的良好教養震驚不已。東西大剌剌擺在那裡，沒人看管，居然也沒人偷竊！導演覺得簡直不可思議！

他對這個文明社會日常生活的大事小事產生無比的興趣，興致勃勃的想弄明白：所謂民主社會的現代人如何過日子？他一面恣意的享受藍天下無拘無束的自由生活，品嘗著來自世界各地的各種口味食物，觀看著商家店裡琳瑯滿目的豐盛物質，心裡一直困惑著：這樣的社會是如何運作的？這個重大的議題幾乎超過了他對電影的熱情和關切。世界好像對他開啟了一扇迥異的窗，讓他看到人類社會的奇景。

電影節的活動結束之後，導演請求主辦單位延長他的停留時間，他要觀察學習西方的民主，也想開闊自己的視野，為下一個電影尋找新鮮的題材。邀請他參展的電影協會很樂意替他辦理了簽證延期，三星期有點短，三個月又有點長，折衷六星期，主辦單位替他安排了一廳一房帶家具的短期住處，還特地為他聘請了私人家教，專門教他日常美語會話，以便起碼能應對生活基本所需，比如出門搭車、上館子點菜、購物等等。

五十出頭的導演興高采烈，像個迫不及待要上學的小孩童，馬上就從旅館搬到十四街的公寓，並且立刻就打算會見英文老師，開始他的會話課。

會話老師應約來到導演的住處；一個看起來很自信很有主見的年輕女孩，隨意跟導演說嗨，自己找了椅子就坐下來，坐下來翹起腿就開始嘰里呱啦，一連串麵條似的綿延音節。

呵呵！有聽沒懂啊！導演靦腆羞澀的說。

艾琳娜就改口說了結結巴巴的中文。兩個人互相做了自我介紹，正式開始上課。

從練習讀寫ＡＢＣ開始，導演年輕時在鄉下老家的中學以及上京之後的電影學院，一直沒機會學習外語，如今五十好幾的年歲，腦力漸衰記憶退化，才開始學習初級的小學生美語，導演既興奮又緊張，來紐約之前，他這一輩子最遠去過香港，一輩子只說家鄉話、普通話，從沒料到有一天會在別人的國家，用已經不怎麼靈光的舌頭去學習人家的ＡＢＣ。

年輕又有耐心的艾琳娜，仔細的向導演解釋喉嚨的構造、舌頭的分段部位、唇形的變化、氣流的吐納收放與發聲的關係。光是二十六個字母的發音練習，就用去了三堂課的時間，導演一直無法弄清楚Ｓ、Ｘ，Ｒ、Ｌ的區別以及不同舌頭動作與發音部位，一句簡單的 thank you，或 excuse me 練到嘴唇發麻舌頭抽筋，還是無法說正確。ＴＨ很難，ＥＸ更艱鉅。上課像打仗，每個字母都在挑戰他的能耐。

艾琳娜很有耐心，是少見的具有專業素養的年輕人，無論導演如何不上教，她都不厭其煩一遍又一遍的解釋，臉上始終帶著甜甜的微笑。

看著我！艾琳娜說著，張開自己的嘴，捲起舌頭，然後指著舌尖告訴導演：這裡，上頷，輕輕點一下，氣從喉嚨呼出，用舌尖將喉音捲成一個漂亮的L……

導演目不轉睛的看著眼前青春少女的紅唇，唇上輕翹的舌尖，當他聽到甜美如蜜的聲音說：輕輕點一下，他的心蹦蹦跳到胸口，呼吸緊促，腦子裡幻想著狠狠吻住那唇舌，完全忘了如何用舌尖去挑動喉嚨呼出的氣。

聽著！艾琳娜發現導演不專心：回家以後照著鏡子多練習。

導演每天對著鏡子練習張嘴、捲舌、吐氣、收音，全神貫注的運轉它那習慣漢字發音的頑固舌頭，直到舌根痠疼，嘴唇僵硬，在鏡子裡看到自己荒謬怪誕的嘴臉，吖哦噢唔嘸發出撇扭的怪音，一陣困窘兼懊惱席捲而來。

偏偏有些字母是生來跟他作對的，怎麼學也發不出艾琳娜要求的音調，就說那句簡單的 Would you please，吻就普力斯，無論如何他就是記不住那些捲舌頭抵舌尖喉嚨噴氣曲折彆扭的發音，是舌頭太硬？還是耳朵失聰？腦袋失靈？

舌頭先伸出去再捲進來同時將氣由外向喉嚨收進來，艾琳娜重複做著一樣的動作。

慢慢來吧！亞洲人學英語都有類似的經驗，是語系不同的緣故，不是個人能力的問題。不要著急，放鬆，好玩，學起來就容易些。

回住處照鏡子，這是何苦來哉呢！導演自酸，反問鏡子裡髮鬢灰白的自己，漸漸就發現這種不上不下年紀的尷尬與狼狽，異鄉生活的不適與失格，水土不服語言不通的困頓，一個人走不出去，辦不了事的挫折和懊惱。

導演很快就理解到：生活在異鄉，語言是非學不可的生存必要條件，不懂當地語言，簡直就像啞巴，不僅僅無法跟人交流，而且什麼事也辦不了，就像個沒手沒腳的殘障人士。

就說買報紙這麼簡單的一件事，就已經是他這把年歲的人至大的挑戰，偏偏沒有中文報，感覺就像跟自己熟悉的世界斷絕聯繫，那是他在紐約因語言不通強烈感受到的寂寞與孤單，報紙成了唯一的安慰。

每天早晨，僅僅為了到住所附近十四街地鐵站出口的小販買一份中文報紙，他不得不逼自己開口說別人的話。離開國內他所熟悉的片場辦公室，這裡沒有祕書供他差遣、沒人會適時為他泡杯熱騰騰的茉莉花茶、沒有每天安放案前的中文報紙；一個人在語言不通的環境裡：買報紙都會造成莫大的心理壓力，讓人卻步畏縮，賣報紙那個黑小子，擺明了就是欺生，欺負他一句英語都不會。如果晚個三十年的二十一世紀，世界每個角落都會有人樂意跟你搭訕幾句中文，真的是風水輪流轉。彼一時，此一時。

看著紙盒裡吃剩的外賣炒飯、叉燒，孤單冷清的餐桌，想起家裡的妻子、涼粉、雁塔路上熱乎乎的酸湯餃子、熱騰騰的羊肉泡饃，那些日常小食，尋常日子裡小販喧囂的街景，不禁頹然沮喪。他其實習慣了做一個小小團體的領頭，真心說，也不反對所謂的階級社會，因為擁有那麼一點權勢，有下屬可以使喚，每天有祕書給他泡茶，老實可靠的司機總是隨侍在側，必要的時候還可以派車給下屬待產的老婆緊急送到醫院，把自己的丈母娘送去機場出國旅遊等等，沒有人批評反對過他的以公循私，大家都熱愛導演的慷慨大方。他是習慣了那一套人際運作與生活習性。

紐約這麼大，所謂的世界之都，他以為來到這裡就像龍歸大海，不料，還沒走出一步路，就被ＲＳＸＬ打癱，太沒面子了！光是為了發出正確的Ｌ與Ｒ，幾乎就讓導演打消繼續留在這個國家的念頭！

導演萬萬沒想到學幾句英語也會造成那麼大的壓力以及信心的危機。他幾乎到了無法面對艾琳娜的地步。苦惱了好一陣，導演做了一個也許很阿Ｑ的決定。他不想上會話課了！怕把最後的一點尊嚴和信心都折騰掉。

他藉口舌根頑固，需要修理，加上臨時有許多與電影相關的事務緊急需要處理，等忙過了，他就立刻通知她上課時間。

艾琳娜善解人意，拍拍導演的肩頭說：沒事沒事，休息休息也好，想學了隨時再告訴她。

事後回想，導演不得不承認：真正讓他無法繼續上課的原因，其實是艾琳娜，或者，坦白一點，是他不堪一擊的男性自尊。他不想丟臉，尤其，在一個年輕漂亮的女子面前，更關鍵的，在一個西方女子面前，潛意識裡的雄性本能，根性裡的民族主義，還有其他大概是說不清也不好細究的男女曖昧情愫，還有自己也必須承認的面子，就是這樣，他不想在一個美麗年輕的女子面前失去做為一個男人的尊嚴；更赤裸一點說，他想在一個心中愛慕的女子面前保留一點美好的形象，不想繼續讓自己的笨拙愚蠢糟蹋自己，就像一隻無法調教的笨狗，那句西方人的諺語：你無法教一隻老狗新把戲！（You can't teach an old dog new tricks）

他對那句話十分敏感，好像譏笑的正是自己。

在紐約的日子，說是自由自在，其實更接近孤苦寂寥，一個人住在一個小單元，隔鄰只聽見門聲、腳步聲、馬桶沖水聲，從沒見過對面人家身影，好私密的都市生活，儘管外面的世界五光十色繽紛熱鬧，內心卻冷冷清清，無法跟人溝通的日子，就是另一種形式的囚禁。

他開始感到日子緩慢、食物難耐，披薩薯條遠遠無法媲比燒餅夾肉。生活唯一的調劑就剩中文報紙，還有電影協會朋友借來的國內電視影集、韓劇。

偏偏，就買報紙這麼簡單的一件事也有意想不到的麻煩與難堪！日常生活裡，除了語言不通，無法與人正常交流，無法說出心裡想說的話，甚至，只跟一個賣報紙的小販理論都無能為力，受到霸凌也只能啞巴吃黃蓮。

即便如此，他每天還是得硬著頭皮為一份中文報低頭折腰，那是他每天的精神食糧，唯一能和外界產生關聯的渠道。

每天早晨，導演搭電梯下樓，走出住處大門，右轉朝地鐵站前的報攤走去。出發前，他一定會特別把零錢準備好，以便一手交錢，一手交貨，不需開口說話也不用找零，事實上是為了避免需要開口說話的可能，他總是小心收集零錢，如果一時沒有零錢，他就緊張兮兮，擔心找錯錢被占便宜，或是對方故意刁難不找他錢、假裝太忙一時疏忽，種種小伎倆欺生占便宜，知道他無法開口抗議牢騷或申訴告狀。

有時不巧就是沒有零錢，不得不拿著五元鈔票戰戰兢兢去到小攤販，那個滿臉絡腮鬍，黑臉厚唇的小子，經常會故意拖著時間不找錢，欺負他是無法開口說話的外地人，只會一句一死Q死米，一死Q死米（Excuse me!）喊半天，到底啥事也說不清。

What! What do you want？怎麼了咋？你到底要什麼？How can I help you? 能幫你什麼忙？那黑臉小子嘴巴故意說得客氣，骨子裡就只有鄙夷和挑釁。什麼華特又忘德（What do you want）？好肯愛黑破由（How can I help you）？

有次，導演口袋沒零錢，黑臉小子明知他要什麼，就是一份一美元的中文報紙，從沒例外。導演給了五元鈔票，黑臉小子遞過報紙就悠然轉身忙別的，假裝沒有找零這回事，就看導演能拿他怎樣。有可能，那小子一時糊塗真的忘了；總之，導演瞪著兩隻眼睛看他走過來晃過去，忙著取貨、收錢、找錢，照顧其他顧客，就是故意對他視而不見，好像他是不存在的隱形人。

導演忍住脾氣耐心等著，有幾次以為黑臉小子轉身一定會看到他，眼睛緊盯著，黑臉小子一轉身，導演就迅速伸出五根指頭提醒對方，他給了五元錢，接著比出四根指頭，意思是還需找回四元。導演比手劃腳，臉紅頰熱，對方依舊視若無睹，外人也不知道他在筆劃什麼？

一死Q死米（Excuse me）！一死Q死米！導演翻來覆去那句好不容易記住的一死Q死米，那黑臉小子就是不理不睬，冷冷把他晾在一邊。

就這麼一件微不足道的小事，已嚴重打擊導演的自尊，讓離鄉背井的愁苦變成難以承受的困厄！他就想告訴那個黑臉長脖子猴子一樣的小子，不要欺負他這麼一個不會說英語的外地人。為了爭這一口氣，導演發誓要讓對方刮目相看；他發狠要學好基本的日常會話，起碼讓自己可以自在的買報紙，大聲叫那個黑臉小子：Change, please！Thank you！

安排導演住宿的接待單位給導演送了一套英語會話錄音帶，自己可以在家聽錄音帶，不會的可以倒帶重複練習，不用擔心在人前失面子。導演很開心，覺得這樣的方式，可以大膽放心的開口練習，說錯了也不擔心被人笑。

導演很認真，每天吃過早餐，看完報紙，就打開錄音機，翻開書頁，一字一句的跟著錄音帶重複練習，有樣學樣，幾天下來，導演自以為小有進步，很是自得。

有天，意外接到朋友在紐約上大學的兒子蕭夏的電話，邀導演去他住的皇后區敘餐，導演有點擔憂的告訴蕭夏，他不會閱讀英文路標站牌。蕭夏在電話裡解釋：在十四街聯合廣場，搭綠線往上城方向四站，下車換紫線往皇后區十二站，在傑克森高地下車，從第二個票口出來，面對大馬路左轉，過三個紅綠燈再右轉的馬路右手第三家有一棵玉蘭花的紅門房子就是。

蕭夏說得輕鬆暢快，導演聽得暈頭轉向思路打結。

記住：是上城的方向，不是下城，不要站錯月台搭錯車。蕭夏提醒。還強調，不用看站牌，用數的就可以。上城綠色四站，往皇后區紫色十二站。

對導演來說，一個人單獨搭地鐵出門，遠遠比買一份報紙複雜而且充滿不可知的挑戰，置身全然陌生的世界，無法辨識方位，不能閱讀路標的惶恐，就像蒙著眼睛在迷宮裡找出路，是不可能的任務，語言不通所造成的莫名惶恐，就像缺手缺腳寸步難行。

導演內心掙扎著要不要去這一趟路？他只能在自己住處半里方圓內行動，買報紙，買香菸，小超商買點速食雜貨，再遠一點，再複雜一些就需要人陪伴。這一趟從曼哈頓到皇后區半小時不到的路程，竟讓導演猶豫退縮，活到半百年歲，經歷過政治鬥爭、大小磨難，區區搭個地鐵過橋去皇后區就讓自己忐忑不安。

怕什麼呢？導演自問。不能被這麼一樁小事難倒自己。

於是，導演費了一番功夫查看地鐵路線，小心抄下蕭夏地址電話，摺妥紙條放衣服口袋，以備不時之需。

赴約當日，懷著破釜沉舟之心，顫顫兢兢來到地鐵站，在售票窗口前忽然又臨陣畏縮：萬一搭錯車，或是下錯站，去了不該去的地方，迷失在紐約這麼大一個城市，無法向人開口問路求救，無法解釋自己的來路去向；導演腦袋裡出現小時在鄉下迷路，天黑下來，一個人摸黑在路上，感覺隨時會被壓陣而來的黑暗吞噬的恐懼。

猶豫了一會，導演改變主意搭計程車，他以為司機識路，一定萬無一失。於是，在路邊招手攔了計程車；一上車就掏出小紙頭，給司機看地址，司機嘮叨了幾句導演聽不懂的話，意思是：他是曼哈頓的車，不打算去皇后區。導演不懂也不知道是什麼問題？一直尷尬的說著：Sorry! Thank you! Sorry……。

這不是 Sorry Thank you 就可以解決的問題。司機一面開車一面繼續叨唸著，口氣相當不耐，導演搔著腦袋瓜不知如何是好？司機載他到橋頭的地鐵站，放他下車，跟他說過橋那邊就是皇后區，然後揚長而去。

導演莫名其妙的被迫下車，陷在車陣穿梭的橋墩前，惶惶然不知何去何從？想起來可以打電話問蕭夏，摸口袋找小紙頭，才驚覺寫著地址電話的紙頭給了計程車司機，緊張慌亂中不記得是否要回來？或者拿回來卻不知放何處？頓時陷入一陣惶恐中，愣在馬路邊看著車來人往，無法向人口、詢問、求救，腦袋裡只記得一句由你死鬼（Union Square），艾琳娜第一堂課就教他說自己的地鐵站和名字。然而，一句由你死鬼無法帶他脫離困境。

落難街頭的導演，此時不免也在心裡呼天喊地，求神幫助，眼睛同時盯緊路人，凡見黃皮膚黑頭髮，立即趨身探問：由你死鬼，我要去由你死鬼。因為慌張，他忘了可以再搭計程車回由你死鬼，Union Square。後來想到了，卻又擔心說不清楚，又被載到更遠的地方，迷更深的路。

是天意，或者說運氣，茫茫人海裡居然有人認出了導演那張來自陝北鄉下渾身泥土氣息的臉孔，那身粗短雄壯的身型，黝黑發亮的臉孔；年輕人從上海來紐約讀影劇，看過導演電影裡的黃土地，聽過那裡的信天遊，他向前叫了聲：導演！很納悶他一個人在路邊徘徊神色倉皇。

聽到熟悉的漢語，導演如獲救兵，那一聲親切的叫喚讓他激動不已，精神立刻抖擻起來。

跟你說！導演興奮的拉住年輕人的手：我要搭地鐵回去由你死鬼！你陪我去地鐵站月台。

導演毫不客氣的要求，如他平時對屬下的口令。一進入中文語境的思維，他立刻活回了自己。

年輕人很高興可以替心目中崇拜的大導演服務，立刻說：sure! sure! 當然沒問題！導演於是跟著年輕人，一路朝地鐵的方向走去；年輕人問起導演電影中的男女主角為什麼在面臨生死的緊要關頭，還有慾望要做愛？

那是人類最原始的求生本能！導演一本正經的說。年輕人似懂非懂。導演無心談電影，滿腦子只想如何不出錯的回到住處。

年輕人用心的跟導演解釋紐約的地鐵系統，小心將導演送到地鐵站，在月台上囑咐導演：坐七站就下車轉綠色下城的線，四站就到 Union Square。

只要能到由你死鬼，導演就放心，年輕人跟他說，紐約街道像棋盤，南北東西橫豎交織，橫的以數字編號，豎的以文字命名，方方正正，要迷路也不容易。

導演謝了又謝帶路的年輕人。上了車，坐好位子立刻就盯著窗口往外看，注意每一個停靠的站，就怕一不小心就錯過了站牌。

中途不巧上來了個老婦人，逕自來到導演旁邊的座位，坐下來本來沒事，偏偏她一看導演就開口說個不停，嘰里呱啦，只聽到她不斷搖頭不斷重複：吼蘿蔔！吼蘿蔔！一呎吼蘿蔔！（好可怕，好可怕，那真的很可怕！）

導演只聽到那句吼蘿蔔，其他的話都像打結的麵條在他腦袋裡糾纏不清，不僅如此，他聽到一連串的英文，耳朵就哄哄哄像風扇轉個不停，一下就把腦袋轉糊塗了。

如此吼蘿蔔一番，本來數著的站牌受到干擾，思路斷線，回不去原先的記憶線索，眼睜睜看著火車一站一站停了又開，導演心臟撲通撲通跳個不停，這下怎麼辦？

導演著急的問另外一邊的乘客：由你死鬼，對方困惑的看著導演，好像他是外星人。

導演只好繼續盯著每一個停靠的月台，嘗試從字形去指認站名，他唯一記得的只有開頭那個馬蹄一樣開著大口的U。於是，全神貫注只留意著站牌上的U，就怕錯失那個大馬蹄。

終於看到馬蹄U了，導演果斷下車，月台景象似曾相識，都是那種慘淡的白日光燈，一樣的出口，導演從地層隨著人群鑽出地面，看到一樣賣香菸、雜誌的書報攤，鬆了一口大氣，只是報攤那個黑小子不在，報紙也放在不一樣的位置，抬頭看看馬路對面的建築，超市牆壁上張狂的塗鴉，不像是他平常看到的景象，那裡沒有賣熱狗的小吃店，黑皮膚的人也不是這麼多，越看越不對勁。

導演沿著馬路一家一家查看，都是從未見過的陌生店面，心裡開始著急起來，走著，走著，越看越不對勁，就知道下錯站了，心裡頓時慌了起來，但又不太相信是真的，心想：也許還有另一個地鐵出口？於是轉過街角，換條街，試試看能否找到黑小子的報攤？

走著走著，天空變得異常遼闊，四周街景蕭條，路邊都是空酒瓶、垃圾亂丟，牆上漆滿塗鴉，與城裡高樓聳立的摩天氣派迥異。為了避免越走越遠越糊塗，導演決定折回地鐵站；然而，轉彎回頭卻是一個小公園，地鐵站杳然無蹤……。

這是怎麼回事？地鐵站在哪裡？導演覺得自己並沒有頭昏，意識也很清楚，只是有點緊張慌亂，他想問路人地鐵站在哪裡？但一個字也說不出口，他站在路口希望能遇到一個會說中文的東方面孔，偏偏運氣不好，來來去去就是沒一張華人面孔，平常沒事，黃皮膚黑頭髮的華人無所不在，想躲都躲不掉，緊急關頭卻集體消失！這一天是什麼鬼日子？

等了好久，終於遇見一個東方面孔，立刻逮住人家問：老兄！地鐵站在哪兒？對方看了一眼，一句話不說就走掉！也許是韓國人？日本人？總之，一個不十分友善的東方人！導演心裡涼了半截，長久以來習慣差遣屬下、不知道遭人冷落仰人鼻息是那麼難受的滋味！在國內影壇可以呼風喚雨，來到別人的國家，居然狼狽得像隻落難街頭的流浪犬！

第二個出現的東方面孔，明明聽見她跟同伴大聲說著中文，等導演開口問路，回一句：Sorry! I don't know! 就不甩人！

導演在路口垂頭喪氣，想到在家裡好好的日子不過，難道這就是他所要體驗的民主？自由？

真他媽的，導演忍不住罵了一句，不是每個人都有能力享受所謂的民主、自由的。他自認活該倒霉！

十字路口徘徊二十多分鐘之後，路邊賣熱狗的小販注意到導演的狀態有點不尋常，好心找來警察。在警察局裡，他們打電話到附近大學附屬的語言中心求助，終於弄清楚這位迷途的路人是來參加影展的著名導演，聯絡到邀請單位的人，終於把他送回由你死鬼的住處。

經歷了這一回慘烈的教訓，導演發誓這一輩子必須學會必要的基本會話，起碼要學會說地址、地鐵站名，以及最關鍵的：地鐵站在哪裡？

於是再翻開那套英語會話大全有聲書，戴上耳機，跟著隨身聽一字一句練習。經過三天四夜苦練，終於學會那句：地鐵在哪裡？

導演很自得，找了風和日麗的好天氣，威風凜凜站在住家附近的路口，等待驗證他的學習成果：

Where is the Metropolitan Transportation Authority? 他費了九牛二虎之力終於對一個看起來面目和善的老太太說出一句完整的英文。

老太太興味的聽著他說完，嚴肅的要求導演：請再說一遍。

導演於是提高了嗓門一字一句又重複說了一次。女人一邊聽一遍壓著胸口大笑，讓導演摸不著頭緒。

再說一遍吧！你說得太好聽了！女人還是繼續激動的笑著。

導演一頭霧水。

旁邊過來一個好奇的路人，聽導演重複說了那句：地鐵在哪裡？

啊！哈！你是說 subway! 那人指了一個方向。

導演一聽就納悶？怎麼可能？就這麼簡單？跟書上教的一長串完全不一樣？

導演從頭到尾都不知道：他所學習的版本是國內缺乏實地經驗的編輯，照著官方正式的名稱所直接翻譯過來的紐約地鐵說法，那裡頭包含整個紐約大都會的運輸系統：The Metropolitan Transportation Authority，一般簡稱 subway。

終究，導演放棄了學會英語的雄心，也失去了觀察西方民主社會的高昂興趣。

他慶幸自己起碼還有選擇的自由。六星期簽證到期，他興高采烈的準備回國，而且決定不再學英文，說英文，好像英語是個自大的、狂妄的、打擊他自信、羞辱他自尊、專門跟他作對的敵人，他不肯在這樣的語言面前屈從自己，他不說，他不必說，也不打算說，他有自己的語言、自己的身分地位，而且，最重要的，他還有自己的尊嚴，那個不可受辱的中國人的驕傲！

黑貓骨頭

琴師賽門斷了一隻腿，夜半裡發生的事，他跟人說是喝醉了酒，暗夜中迷迷糊糊在自家門前台階摔了跤；村裡傳言是：他被人打了，什麼糾紛沒人知道，有人存心要他殘廢。

九月，一個如常的夜晚，賽門帶著黑狗瑪麗進村子，迎著海風斷斷續續聽到幽細的一點琴音，那麼純淨美好，讓他想起小時窗口被風吹動的百葉窗簾線頭敲動琴弦的聲響。離家經年，童年邈遠，那聲音恍如昨日，當他還是一個七歲的孩子，母親剛離家，父親終日無語，他一個人費力的想要了解發生的事，不知道母親為什麼棄他而去，生活從此陷入孤苦無告。

尋著歌聲來到酒吧，天香已經回到吧檯上工作，她不過即興表演一首自稱是台灣藍調的〈一隻鳥仔哭啾啾〉，卻引起在座客人滿堂喝采，讚嘆驚訝不絕於耳，七嘴八舌在她身後議論紛紛，彷彿她是一則來自天國的傳奇，並不屬於他們所熟知的世界，許多人走過吧檯，用欣羨迷醉的眼神看著天香。她原本就是個在酒吧彈唱的歌手，那是在台灣還年輕的時候，不過，也已是多年前的往事。

賽門帶著黑狗瑪麗坐在吧檯邊緣的角落座位，知道的人照例都會留那位子給他，賽門習慣獨飲，他不喜歡跟人靠近，也不愛跟人說話，人們不知道他內心，誤以為他冷漠驕傲。

那天，他只是安靜的多看了天香幾眼，也許眼神透露了些許欣羨。有人走過賽門身邊，黑狗瑪麗突然哀叫一聲，低頭垂臉驚恐跳開，躲在角落嗚嗚叫，委屈惶恐的看著主人，一隻腳提在半空中不停抖動。

顯然有人踩了或踢了黑狗瑪麗，意外或存心？沒人知道。

酒吧新的老闆來到賽門前面說：對不起，狗不能進到酒吧裡面。

賽門問是誰的規定？牆上沒有標示，過去也沒有人叫他把狗留在外面。

老闆說：有些客人不一定喜歡狗。

狗有什麼不好？狗比人忠誠可信賴。

有人怕動物身上可能有傳染病。

我的狗比人乾淨，比人衛生、知禮，這裡的客人有的比豬還臭！

酒吧裡坐滿剛下渡輪的上班族，五到七點的快樂時光，泰半是那些二三十歲上下在金融與銀行界上班的西方人，在賽門眼裡他們都是趾高氣昂不可一世，他所痛恨的一種得天獨厚卻無知淺薄的小資產階級分子。

不知是哪頭豬或哪個小資產階級分子或瘋子，忽然出現在賽門跟前，一句話不說，就在賽門的下巴狠狠揍了一拳。

毫無防備的賽門臉被打歪一邊，脖子幾乎扭了筋，口水從嘴角甩了出來，他伸手揩拭，抹下來鮮紅的血跡，嘴裡瞬間溢滿鹹腥的血。

天香給他紙巾，想扶他去洗手間清理。

賽門咬牙抹掉臉上的血跡，把嘴裡的血吞進肚子裡，沒有吞到什麼固體的東西，牙齒大概都還在，只是整個下巴都刺麻熱辣，無法知覺那裡受了傷，他想約略是咬了自己舌頭或什麼，只要牙齒還在就好，看牙醫太貴，他沒法擔負。

黑狗瑪麗一直垂著眼簾哀怨的看著主人賽門，其他的客人用事不關己的冷漠互相觀望，誰也不知道發生什麼事。那個打人的人胸膛寬闊，手臂粗壯，穿著牛仔汗衫，打了人之後大搖大擺的走出門外，沒有人攔住他，也沒有人關心他是誰，為什麼揍賽門，之間有什麼過節？

天香問賽門有沒有事？需不需要去診所？要不要報警？

賽門不說話，臉上沒有什麼表情，整個人游離在現場之外，推開門，他用一種無謂的淡漠走離了酒吧。黑狗瑪麗緊跟在主人身邊，不時抬頭看看主人神情，似乎在乞求主人諒解，以為自己惹了禍，一臉罪過。

那一晚近午夜，賽門醉醺醺回到偏遠山坡上獨居的家，第二天清早就躺在醫院裡了。

住附近的房東清早發現他昏睡在自家門前台階上，手裡拿著鑰匙，大門未開。電腦掃描顯示右腿骨碎裂，醫生差點鋸掉他的腿，幸好最後決定只在裡邊裝一截鋼鐵支撐著碎裂的腿骨，讓身體自己慢慢復原。

那隻腿，天冷時那一節金屬冰冰涼涼的在溫熱的血肉裡，一種詭異的、不屬於人類感官的異樣感覺。

半年後，腿骨癒合，醫生拆除了那截金屬，他的腿從此就不再靈活。帶著傷癒的腿行動恢復自由之後，賽門決定要離開居住八年的香港，跟一艘泊在碼頭來自泰國的貨輪去曼谷，以後也不會再回來。

傳言中，他是一個失去身分的世界遊民。他自己所記得的身世也不多，僅有的一點記憶都模糊，如野地裡無邊秋色，一抹芒草隨風飄搖。

二十九歲那年的一九九三年，賽門來到香港，靠著一雙手的敏銳觸覺感受音箱的共鳴，修治世界一流的吉他，音質無與倫比，知名的音樂家、樂團，將他們的吉他或琴，從新加坡、台灣、中國、日本……，寄到他遠在山裡獨居的村屋；村屋是個八坪大小的四方空間，床之外，一個角落是廁所，旁邊是廚房，所謂廚房，就是一個單口瓦斯爐，牆上一片木架，放著茶包，糖、油、鹽、醬、醋。睡覺的床是一張折疊沙發，所有製作和維修的工具家當，都在面窗的一張長條木桌上，整齊排列；窗外是山，窗邊的牆上是女人半身素描，豐胸厚唇，線條粗簡，一個在澳門賭場遇見，認識七天的澳大利亞女子，不是戀人，只是喜歡她的造型。他不想跟女人有深刻的關係，和女人親近讓他聯想母親，以及一切和母親關聯的傷痛。

那是童年，在瑞士西南小鎮科目尼。

當賽門開始對「背叛」那字眼感到難堪與羞辱的時候，母親已經成為內心的隱疾，一個無法向世人揭示的印記，裹在肉身裡的爛瘡。他從村人的流言裡認識他們用來形容母親的詞彙：「通姦」、「私奔」與「蕩婦」，他從此就不再願意開口說話，走路的時候眼睛望向遠方，迴避所有迎面走來的任何人，久了，逐漸就習慣了視而不見、聽而不聞，彷彿世界真只有他一個人獨來獨往。

從那時候起，他習慣了自己的沉默與孤單。

記憶中，母親永遠生活在一種神祕的喜悅之中，即使最後她棄他而去，他也相信是一種歡樂誘惑了母親，追隨快樂是沒有罪過的。他總是替母親辯解，那是他唯一勉強可以維持的自尊，一個人必須敬仰他所愛的人。然而，他內心所極力維護的世界是如此的無所依憑，以致經常被無端的自卑與恥辱所襲擊，他無能面對整個世界。脆弱的時候，他同時也有一種憤怒，那種憤怒使他厭惡人們，有時也厭惡自己。

那些日子，母親經常哼著歌，一邊給他穿衣繫鞋帶，每個星期三下午，意味著一趟愉快的旅程。火車準時在兩點十五分開出，經過他們所居住的村落、山谷、瀑布，爬過森林與湖泊，下到山腳下的終點站，站邊是個湖，湖邊有個小小的集市，集市邊有條清澈湍急的溪水，逆流的魚群，山間是縹緲的霧和變幻無常的雲，雲外的藍天，他遐想的夢境。

在那個寒冷而清朗的初冬時日，風開始在山谷呼嘯，母親來到他的床邊，用一種快樂的聲調說：他們將到城裡有聖誕老人的集市去採購聖誕禮物。母親在賽門的頰邊吻了吻，拍拍被子，催促他起床。

窗簾唰一聲被母親拉開，一束白光灑落床前的杉木地板。

賽門一骨碌跳下床，想到又可以坐火車出山谷，爬上高原看山頭的積雪，一個個映著天光的湖泊如鏡子，火車停在一個熱鬧的城鎮，一邊吃甜筒，一邊看來來往往的男男女女，各式各樣的鞋子，匆忙或懶散的腳步，賣玩具的百貨店、擺放精美巧克力的櫥窗……。

母親給他吃了麥片加葡萄乾的早餐，喝了熱牛奶，又讓他刷牙，然後給他穿上最愛的藍呢外套，戴上海軍帽，還特地用刷子刷亮他的皮鞋。圍著母親的空氣總是薰香的，像夏日院子裡飄蕩的玫瑰香。

和往常所有的星期三下午一樣，他們走相同的路經過麵包店，穿過鐘塔前的方場，母親放他在鎮上圖書館的兒童書籍部，他一本一本翻著彩色的童話書，他識得很少的字，但想像著書裡圖片上的人物景色，他編織自己的故事，一次又一次重複的看，知道那些人那些動物都成了他最熟悉的朋友。他幾乎從沒想過，母親去了哪裡？每次總是在他吃完甜筒不久，母親就如期出現在他眼前。

每個人都有祕密，每個人都被快樂召喚。那是在悲劇發生之前的歡樂歲月。

那一天，母親放他在圖書館，走前比平常熱絡的吻了又吻他的臉頰。我的小乖乖！小寶貝！賽門看見母親眼裡閃動的淚光。她說很快就回來，囑咐他不可隨便亂走。

他看完小天使海蒂的故事，肚子餓了，母親還沒回來，太陽就要下山了，圖書館的孩子們紛紛都離開了，他開始擔心母親忘了來帶他回家。

六點鐘，他哭著被館裡的阿姨帶去警察局，他堅持要等母親，但他們必須關門。警察給他麵包蘋果巧克力，問他母親去哪裡？家在哪裡？他什麼都不說。他只要媽媽。

在警察局的小房間裡睡過一個晚上。第二天，父親意外出現在警察局門口，低著頭和警察說著嚴肅的話。簽了字就把他帶回家。

一路上父親的大手牢牢抓住他的小手，抓痛了他的手指關節。他抬頭看父親一眼，一種凍結的冷酷回絕了世界，他畏縮的叫了一聲父親，想問他母親去了哪裡？除了手掌上無法掙脫的壓力，父親沉默如鐵，像個沒有知覺的機器人。

媽媽呢？媽媽呢？我要媽媽！他終於大聲叫嚷起來。

父親一言不發，眼底醞釀著風暴，他看到父親微微顫動的唇角，一種陰冷從那臉容四散開來，他不自覺閉上了嘴巴，吞回去想說的話，撲簌簌流下一行淚。父親拽著他的手，頭也不回的走著，他踉蹌的跟著，不時回身張望，怕媽媽回來找不到他會著急。

你媽媽不會回來了！父親扯了他一下臂膀，讓他加快腳步。

賽門頓時停下腳步，甩開被父親握痛的手，固執的站在原地，媽媽沒跟他說再見，她當然會回來！賽門的眼睛敵視著父親的怒容，不明白父親為什麼說媽媽不會回來。

你說謊！他痛恨欺騙他的父親。

父親抓緊他的手腕，扯著他衣袖，疾步而行，他的心逐漸碎裂，在父母親決裂的縫隙中，淚與鼻涕混合著悲傷流了滿面。

身後一陣急促的腳步，賽門驚喜地回頭，以為是媽媽，結果只是一個趕路的人。他失望極了，開始相信母親大概不會回來了，他絕望的跟著父親，忽然有被世界遺棄的孤單，他害怕面對那種孤單。

爸爸！他不自禁叫了一聲。

嗯！他聽見父親軟下聲調回答，同時停下腳步，他的喉嚨卻因哽咽而說不出話來。

那之後，賽門終於明白：大人的世界是無可預告並且殘酷無情的，輕易就可以把賽門小小的世界撕裂，並且任由弱小無助的他在破碎的裂口上掙扎、摸索，無法分辨愛與恨。

那是一九七七年的初冬，賽門最後看到的母親只是一抹晃動模糊的灰影，如走後母親留在他心裡的那一片空虛，世界可以這樣空白而無意義的存在，他無法確定是過度驚嚇後的恍惚，還是確實感受到存在的一種枉然，在往後的日子裡，他偶爾會因絕望而陷入那種虛無之中，因而感到生命的盡頭也許正是這樣的一種無重量的解脫。

母親走後，那個家陷入一種恆長的沉默與突發性的神經緊張中，所有的事物都失序混亂，鍋子是冰冷的，冰箱裡沒有點心，餐桌空空蕩蕩，廚房冷冷清清，任何一種聲響，都在揭示可能的風暴，夜裡的風聲顯得格外淒厲，所有的東西似乎都在母親離開之後，消失了原有的功能，成了和他一致的沉默和抗拒。

父親不再跟他說話，他只是下達指令，賽門學會慣性服從，一種在被動中逐日滋長的怨恨在成形。一個厭世、孤僻、離群的人，一種和誰都不隨便親近，對誰都不信任與社會格格不入的習癖。

屋裡永遠是灰暗窗簾下父親沉重的神色或憤怒的臉孔，父親有一張因長久缺乏笑容而滋生在嘴角的法令紋刻印在左右唇角，和他怒張的眉上下對抗，臉上永遠無法妥協的線條，顯現了他內在的衝突不安。

生活寂寞而壓抑，賽門每天醒來，從抽水馬桶的聲響開始他單調乏味的一天，最熟悉是廚房玄關尖銳的摩擦聲響；父親用那樣的方式宣洩他的憤怒。父親不讓他上學，也不讓他去鄰近的人家，好像必須如此將母親離家的祕密封鎖在家裡。

十七歲，母親離開的整整十年之後，賽門才聽說了他有一個小他五歲的弟弟，母親當年和戀人一起去了邊境的法國城鎮居住。

一直到離開瑞士，他並沒有和母親再見面，也不想認識他同母異父的弟弟。他不覺得自己和那一家人有什麼關係，和母親的關係也只是一點薄弱而傷感的記憶，他習慣了一個人存在世界上的孤獨，他在自己的孤獨裡感到安全自閉，雖然孤獨經常是如此荒蕪冷酷。

父母，只是一對偶然將他帶到人世的男女！親情、母愛、血緣，對賽門來說毋寧只是生物繁殖的一點本能。他心裡因為那樣的孤單而有一種奇異的自由：一種不被親情束縛的自由，一種不必愛人也無需負擔被愛的純淨，那是作為一個人在世上的完整與獨立。從母親離開那一年，他隱約就意識到了人生在世孤曠無憑，除了自己！他沒有對家的渴望，不懂眷戀，不會愛，也不被愛。

孤獨使一個人的世界變得純淨。他總是聽見宇宙的話語，大地吐氣的沉沉聲響，他也能看到地板上一個芝麻大小的洞，在那洞裡尋找一隻蛀蟲的蹤跡，有時，他聽到地板底下的聲音，有時是父親在閣樓上的鼻鼾，喝酒之後就有喉嚨發出的如破風管的刮躁聲，有時，他覺得自己被幽禁在山洞裡，守著一隻無法棄離的怪物。屋裡所有的聲音都來自幽暗恐怖的角落，或者，來自他漆黑如墨的靈魂。

有一天，他聽到琴音，輕靈曼妙，如天上仙女的純淨美好，他很快發現是窗外進來的風試著在跟他說話。風輕輕吹動百葉窗簾的線繩，線繩下面有個小墜子，正巧落在琴弦上，隨風搖擺，撥動琴弦，發出了美妙的音符，就像是風的手在把玩琴弦。

風必然有什麼訊息要告訴他？一點靈光閃現，賽門頓時明白：答案在那一把吉他。那是母親離開之後，父親荒廢在一旁的吉他。他聽見琴弦對他的召喚。那由風聲所啟動的聲響，敲動著他心扉，震撼他心弦，第一次，他聽見自己的聲音和外面的世界祕密的契合。

他用手去撫摩那個發出動人音符的吉他，朝內張望吉他裡邊空空的肚腹，聲音從何處來？那是空氣和琴弦的共鳴，那個神祕美麗的小小的吉他世界，從那一天開始，他開始把玩吉他，沉迷於它的結構聲響和形狀，他開始自學吉他，修理吉他，無師自通。

賽門認真研究吉他，把吉他的每一個鈕扣鬆動，每一根弦放鬆，替它們解除所有的壓力，讓它們還原成一個窈窕如女體的空箱子，聽它們肚腹的回應，敲打它們的木質，聽它們的震動與回響，辨別它們的年代與質地，計算它們的容量與厚度，分析空氣裡的聲波，找出任何一點不純的雜音，仔細探究聲音如何在空間裡引起不同的頻率與共鳴。他聽到木頭說話，琴弦說話，指頭說話，所有參與那個樂器的一切相關物件人事都發出它們的聲響，眾聲喧譁。

他抱起了吉他，貼著耳朵在扁圓的吉他肚腹，聽空空的木盒裡有什麼祕密，他聽見自己的心跳，有如吉他的共鳴，在這世界一個神祕未知的所在，必定隱藏著一個等待他揭發的神祕空間，一個充滿驚喜的歡愉世界。

那年，他成為一個拆解吉他的專家，那幾片木頭挖空黏合的葫蘆空間裡能創造的神奇。他知道所有吉他木頭的種類、質地，它們如何組成，發出怎樣的聲音，生澀的，悠揚的，稚嫩的，薄弱的，恢弘的，沉厚的，悲傷的還是快樂的，每一把吉他都有屬於自己的個性與音質，因為木材不同，年代各異，質地不同，製作的時節不同，濕度不同，音質也因此各有所異。

他和母親一樣，隨著神奇的召喚去了遠方。

遠方是什麼，只是一種意象與幻想的綜合，現實與理想的交界？有時是高高的椰子樹和斑馬線，也可能是迷霧中的森林有著蝙蝠臉孔如貓似狼的鬣狗？發出人一般的狂笑，或者駱駝、沙漠和穿白袍裹著頭巾的阿拉伯人？

遠方大部分時候是一種渺茫的幻象，他在想像裡看到許多重疊的山巒，蜿蜒的小路，路邊聳立的雪松，銀灰色的天際，總是一種冬日帶著煙霧的寒冷景象，天地靜默而孤寂。

成年之後，他約略明白了身體的慾望。他不斷回想所有星期三的下午，那個冰淇淋甜筒融化在舌尖的美妙滋味，他舌尖的舔舐與貪婪，一種被滿足的慾望。他生活的世界只有一個女人，母親是所有女人的化身，慾望的化身。他幻想自己敲開一扇門，看見母親綻放如花的身體，渴望著情愛歡悅，他有一絲夾雜著嫉妒與占有的心悸。

十九歲那年離開父親。之後，從沒想要回去，那是生命中一段想遺忘卻無法抹去的荒涼歲月，那荒涼是如此之深，以致如樹根一樣牢牢的盤據在心裡，滲透到血液之中，即使肉體死去，他的靈魂還會像枯樹般矗立在曠野的荒蕪中，徹夜聽著風聲呼嘯，除此之外，一無人跡，無日無夜。

他終於決定離開，到一個新的地方，重新開始生活，不再背負過去的難堪與痛苦。

一輛從邊境法國來的火車，帶他離開出生的國度，他一起將身世遺忘在身後。

二十歲，在夏威夷的旅途中，賽門遇見一個音樂家，把自己名貴的樂器交給他，從此，賽門成了專業琴師，一個城市走過一個城市，追隨樂器走遍天下，二十三歲之後，音樂家們追隨著他。他們需要他維護修理他們的珍貴的樂器。

曾經聽說：音樂家應該帶一根黑貓骨頭和一把吉他，在夜裡去到一個寂寞的岔路口，等待一個不期然出現的音樂家前來會合，在拿走他的吉他之前，兩個陌生人將合奏一首完美的和弦，這和弦樂曲會持續綿延，直到音樂家的手指流出鮮血，音樂家成了一則傳奇，然後，他也將開始傾斜衰老，一切恢復平靜；那時，也是音樂家該回去的時刻。

自此，一個人將能在琴弦上奏出所有欲想的音符，同時也永遠出售了自己的靈魂。

可是，賽門把靈魂遺忘在什麼地方？成了一個空空的軀殼，風一吹就劈啪響。孤獨是一種意志，遺忘是一種能力，一種超脫在俗塵之外的輕靈，一種壯闊與莊嚴，一個人的心遂繫於天地之間。

離開就是另一個生命啟程。

對於亞洲東方這個偶然駐足的小島，琴師賽門從沒有眷戀。只是，偶爾，他會想起那個用密西西比藍調唱台灣小調的女子天香，在海灣那個他經常獨飲的酒吧，那時，腿上那節支架的鋼骨會閃過一股冰涼的冷意，而天香的笑容就如絲綢，輕柔的撫慰他的心。

死亡不來

妻在往宜蘭的國道五號公路上發生車禍時，江漢欽正在泰式養生館享受指壓按摩，安娜帶有魔法的手指在江漢欽鼠蹊處最敏感的部位推壓揉捻，一如既往，他不聽使喚的小老弟興奮的昂頭翹首仰天豎立；默契十足的安娜，總是不動聲色的替他舒壓洩洪，當作什麼事都未曾發生。

年前，第一次到養生館，江漢欽在陌生手指的觸撫下，關鍵部位不由自主的將褲襠撐出一座小山，讓他臉紅尷尬羞愧自責，深感冒犯了按摩師，不斷道歉賠禮；經驗老道的安娜安坐如山處變不驚，只比了一根食指在唇中，輕聲在他耳邊以催眠的語氣說：閉上眼睛，放鬆，想像自己正在搭雲霄飛車。

他聽話的閉上眼睛，心裡還是不能安適。

安娜以她靈巧的指功，讓江漢欽逐漸放鬆了神經，最終在雲霄飛車的驚險刺激中享受到騰雲駕霧的歡暢痛快。自此，江漢欽成了安娜的忠實客戶，每週按時報到，指名安娜，指定VIP專用房，久了自成一種默契和規律。

初始，江漢欽心懷忐忑，自己原非尋花問柳之人，也沒太緊迫的生理需求，只不過和妻因作息不同分床已久，身體難免積累了不自覺的低壓暗流，一旦遇到撩撥便如燎原之火，一發不可收拾。

安娜四十上下，四肢短小圓胖、肌肉結實，壯得像頭牛，手指力道強勁，足以讓精瘦的江漢欽脫胎換骨；丈夫在菲律賓家鄉打零工，收入不定，經常酗酒、她一個人來台工作賺錢供女兒讀大學醫科；遇到江漢欽這樣靦腆害羞又有慾求難言的客人，她心裡完全理解，離家的愁苦不僅是精神的，自己何嘗不是百般隱忍，只要客人沒有過分侵犯越矩，她也就逆來順受，想到家鄉倚賴她匯錢的家人，這一點小小的委屈，嚥一口氣也就吞下了。

按摩的時段裡，江漢欽習慣把手機調靜音；看到訊息時已經錯失六通來電，緊急回了電話，一聽妻子出了車禍，人在醫院急診室，江漢欽震驚得無法言語，腦袋轟然作響，好一晌才回過神來，問了對方關於妻子的狀況。

妻在羅東聖母醫院急救中，腦部和脊椎受創，意識昏迷。

倉皇奔出按摩院，叫了車火速朝羅東急駛而去，一路上心焦如焚，一面自責不已：妻遭遇劫難，自己卻在養生館銷魂享樂！不知道事情怎麼發生的？早晨出門，還隨口問了妻：幾點回來？以為妻如常去了半山工作室；妻淺笑沒回應，如她平日作風，關於她日常的行事或社交，彼此互不過問，衍如默認的行規，都沒察覺：曾幾何時雙方失了彼此的互動與關懷？即如宜蘭之行，若非因為車禍，他如何知道妻子白日的行蹤？

急診室裡見到血跡斑斑面目全非的妻子，額頭綁著繃帶，鼻樑裹著棉紗、嘴唇歪了一邊，鼻孔殘留著血跡，眼皮烏青腫脹，全身上下吊著點滴和管子，就像恐怖電影裡出現的殭屍厲鬼，若非身上那件紫灰外套，他根本無法相信眼前躺著的就是早晨出門還如花盛開的美麗妻子。

江漢欽雙腳一軟跪倒在妻的床沿，顫抖著呼喚著妻的小名，妻微微啟動乾裂的唇，掙扎著發出黯啞粗糙的喉音，如喉管破裂的震動聲響，那不是正常人會發出的聲響，那聲音像來自地獄深處幽魂淒厲的哽咽，江漢欽一聽忍不住哭出聲來，有什麼東西在生活中徹底的碎裂了，毀壞了，是他所無法預期也無能掌握的命運。

根據電腦斷層掃描，妻嚴重腦震盪，骨髓移位，頭部多處粉碎性骨折，鼻樑斷裂、聲帶、喉嚨肌肉和神經都受損傷，當前無法正常說話、進食、喝水、吞嚥困難也很痛苦，涎流的唾液會嗆到自己，不小心就會導致窒息，最嚴重是頸部以下有幾個脊椎盤破裂而且錯位。唯一慶幸的是：妻的心跳、呼吸都算穩定，對外物刺激也有反應；這讓江漢欽在驚懼恐慌中還不致完全絕望。

醫生告訴江漢欽：臉上的外傷以現代的技術都可以修復，鼻樑也可以重整；但是，聲帶神經受創比較嚴重，修復程序相當複雜，不能保證一定成功，可能要從臉部移植健康的神經來修補，修補後也無法保證可以正常發聲。最麻煩是斷裂的脊椎，有可能導致終生癱瘓。

江漢欽一聽，整個人都呆了，癱瘓兩字在腦袋裡轟轟作響。

醫生放緩口氣說：等傷口復原後，可以嘗試復健，不是全然沒有希望。

那就是有希望？黑暗中忽然閃現一絲光明，江漢欽瞠大眼睛追問醫生，迫切的想從他的臉上捕獲任何可能的生機。

我只是告訴你：不要放棄希望，不是給你什麼保證！

江漢欽急迫的問：她會昏迷多久？什麼時候會醒過來？醫生搖頭說不知道：意識昏迷很難掌握。

醫生淡然失溫的口吻，摧毀了江漢欽僅有的一點祈冀，整個世界頓時黯淡無光彷彿世界末日。生命何其脆弱？命運何其凶險？事發至今，他一直都不能接受現實，不過就是幾個小時之前，妻還活生生一個人，怎可能瞬間變得面目全非？不能言語、不能吃喝、還可能一輩子就這樣癱瘓下去？這日子要怎麼過？

江漢欽無助的望著病床上的妻，左右兩隻手臂分別垂吊著點滴，身體好像被人棄置似的仰躺在那兒，如果沒有看見她胸前緩慢的起伏，會以為她已經是沒有生命跡象的人。江漢欽上前小心握住她的手掌，輕輕撫摸著她的手背，妻的食指細微的牽動一下；僅僅那一點微弱的回應，已讓江漢欽激動的流下淚來，知道他們還能感知彼此的存在，還可以互通聲息，他真怕那種看不到聽不見的靜默；真怕她去過了頭再回不來；貼近妻的耳邊，江漢欽熱切的喚著妻的小名，卻再也得不到妻的任何回應。他在內心迫切的向老天禱告：一定要讓妻好起來，一起好好過日子，日後絕不會再讓妻遭遇任何危險，這一輩子要好好守護她，不讓她再受到一絲傷害、苦痛。

根據警方紀錄，妻在行車中沒有保持安全距離，前面砂石車因路況擁擠而減速時，妻沒有減速直接撞進砂石車尾部，車頭塞進底盤，車頭全毀。

警方的紀錄裡，砂石車並沒違規駕駛，妻也沒查出有吸毒或酒駕跡象。但從後面追撞一般理虧。警方估計是人為疏忽。

江漢欽覺得難以置信，早晨出門沒聽妻提起要去宜蘭，沒想到發生意外，肇事人還是最守交通規則的妻；她平常怕死、怕痛，出門開車小心翼翼，肯定有什麼重要的事讓她分心失神才會出這樣的意外。

警方向江漢欽解釋：砂石車司機傷勢不重，但已準備申請交通事故初步分析研判表與車禍鑑定表，向肇事的妻提出過失傷害的刑事訴訟附帶民事求償。

江漢欽一聽過失傷害、刑事訴訟、民事求償就覺得千斤重擔壓頂而來，那些平常生活裡根本沾不上邊的法律詞語，一一都成了肩頭上逼迫而至的沉重負擔，他無力的垂下肩膀，連呼吸都覺得困頓。

從警方取回妻的手機，依舊停留在事發當時的使用狀態，江漢欽意外發現：屏幕上顯示，妻在當日途中給一個叫崔西亞（Tricia）的人發了 Line 的訊息：一如既往。

那是什麼意思？一個看似親暱的暗語，誰又是崔西亞？江漢欽禁不住滑動手機，上上下下，就這麼一句，之前之後，也沒有其他通話紀錄。江漢欽從不過問妻子電訊軟體裡的私人社交活動，恍然自己並不十分了解妻的交友狀態，從沒聽妻提起過這樣的一個女友；這回也沒聽妻說要去宜蘭的事。她們之間是什麼樣的關係？

江漢欽衝動的想往下探究，心裡卻有一個聲音阻止他：是他自己的恐懼——害怕知道更多的事實，他告訴自己：眼前當下，沒有比妻的健康和生命更重要的事！只要她好起來，那就是他唯一在乎的事！他只要知道：她還會醒過來，像平常的每一天，起床、煮咖啡、開電腦、日子就能繼續過下去……。他這樣期望著，也只能這樣期望著。

在醫院連續待了兩天，江漢欽蓬頭垢面筋疲力竭，幸好及時來了妻子工作室的祕書，說要輪班照顧妻子，醫院裡雖然日夜都有護士值班；有些事還是親近的人做起來比較順手。

從醫院返回台北，一路塞車，紅綠燈失去作用，四面八方來車緊緊卡死在十字路口，喇叭聲四處吠鳴，卻是誰也不肯禮讓一步，誰都動彈不得，束手無策的困在車陣裡，集體認命如籠中困獸，江漢欽胸口堵著一口怨氣無處發洩，血壓直往腦門飆衝，突然間覺得生活大小災難一起傾瀉而來，卻又逃無可逃。

回到家已過晚餐時間，客廳廚房燈都暗著，才意識到日常的平靜裡出了意外，日子不會再如以往，茫茫然不知前路何去？肚子空著也不知道餓，腦袋昏沉沉理不出頭緒。下意識往妻的書房走去，妻不在的空間有點生疏，即使她在，那也不是他經常會造訪的地方，妻的私人生活一直維持著一種崇高的隱私性，好像那是她做為一名小有聲譽的心理治療師的特權。

書桌上有本書，江漢欽隨手翻了一下，書頁裡掉出一張卡片，卡片上有段文字，手寫的綠色筆跡，是妻習慣用的筆色，江漢欽好奇的看了：

> 即使如此，我依舊深深念起初識之時，無時無刻不被那騰升的熊熊愛慾所驅使折騰，即使天天見面，夜夜如烈火焚燒，身體彷如千年積壓的復活火山，激烈的噴射著烈焰與濃漿，戰慄於這危險而刺激的極限遊戲，銷魂蝕骨的狂歡。

看起來不像歌詞，也不像是詩，字跡清秀骨感，可以確定是妻的手筆，一首沒寄出的情詩？為誰而寫？

江漢欽開始胡思亂想，所有問題的癥結，極可能正是一直以來潛藏於夫妻關係裡，他所畏懼擔憂卻無法面對的隱痛：他不再慾望她的身體；夫妻生活裡從未碰觸的禁區，他不說，也說不出口，妻也從來不問，兩人只是如常度日，一天又一天恍如一切無事，私底下卻各自尋找歧路祕境各自歡。

江漢欽終於看見自己內心幽暗處的破洞裂痕，十多年單調無感的婚姻生活，兩人居然貌合神離到這種地步。平常的日子裡，各忙各的，他是銀行保險投資理賠部門經理，偶爾需要出差，她是行事曆排滿預約客戶的心理諮詢師，除了個人諮詢，也經常到公司做集體的人際關係訓練，兩人的工作沒有太大交集，但都是熱愛戶外運動、享受美食的樂活主義者；初識之始一起露營、爬山，總覺得人生美好，來日方長；後來，兩人都以工作為由，迴避了在家共處的平淡以及房事上的索然無味。也許，那就是為什麼他縱情於與安娜共遊的雲霄飛車，而妻耽溺於她的出軌戀情？如果車禍沒有發生，這一輩子是否就此自欺到老，沉默的過完殘缺抱憾的一生？

養生館的安娜來了電話，知道他一個人在家餓著肚子，就說下了班要帶晚餐過來探望。兩人固定的主僱關係維持年餘，雲霄飛車的遊戲已成例行公事，彼此心照不宣，像在一個暗室裡不可見光的曖昧遊戲，混沌刺激爽快銷魂；一次又一次，他從未厭倦，也不知滿足。他早習慣了遊戲結束之後，熟練的穿衣整裝照鏡梳頭，人模人樣走出按摩院，走進尋常，天光日照無所遮掩，內心卻充盈著祕密的歡愉。

他們培養了一種特殊默契：按摩、宵夜、品酒，不發展除此之外的情感牽連，不涉及彼此的私人生活。他喜歡也享受被安娜服侍的貼切到位，她的指壓純熟帶勁，手勢韻律節奏完美的配合著全身骨頭關節肌肉脈絡，經她手指的推壓揉捻貼拍，身體每個細胞都會尖叫著甦活醒來，每一根筋骨脈絡也痛快的舒展伸張。兩人的關係，就如每星期固定的牛排大餐，滿足肉身短暫而躁烈的飢渴，沒有多餘的牽扯掛礙。

情感上，他自認沒有欺騙任何人，也沒有打算背叛走私；久了，竟然就安於那種慣性的遊戲而不自覺。在平淡無味的夫妻關係中，以彼此敬重迴避過度的隱私暴露，兩人不知不覺成了同居在一個屋頂下的親密室友，之間隔著一層玻璃，互相可以觀望卻無需碰觸的安全距離。

安娜初次造訪江漢欽在城郊的住家。江漢欽有點心虛，原本簡單純粹的關係不免帶著良心道德的自省與尷尬，讓他無法安然面對安娜，也是第一次在正常的光度下瞧見穿便服的安娜，江漢欽發現她臃腫平凡，頭髮褐黃眉毛稀疏皮膚粗糙，說話中氣十足，就像夜市裡隨處可見的尋常婦人，和按摩院裡朦朧燈影下低聲細語性感溫柔的安娜若判兩人，等他看見安娜塑膠涼鞋上露出污垢的腳趾頭，一時喪失跟她一起吃便當的胃口，而且還莫名的生著悶氣，好像一切都是安娜的錯。

他心煩氣躁，書房裡妻的那張卡片肯定在他內心發生效力，讓他無法繼續掩飾自己的憤怒、嫉意、羞辱和傷痛，此時一股腦投射到安娜的腳趾頭，他突然用不耐的口氣跟安娜說：她必須離開！說完就立刻打電話叫來計程車。安娜困惑不解，一臉無辜，江漢欽匆促送走安娜，一個人在空蕩蕩的客廳裡流下頹喪、苦澀、齷齪又絕望的淚。

妻在醫院十天，熬過致命的危險期，開始鼻管餵食流質食物，醫生建議病人轉回台北離家較近的醫院方便照顧，因為昏迷指數一直未有起色，可能還需要住院一段時間。護士安排江漢欽去醫院護理部門上課，學習如何照顧行動受限的病人，課程包括替病人翻身、擦澡、換紗布、尿布，按摩手腳四肢等等，江漢欽預感到以後的日子將是漫長而灰暗，不免悲從中來，妻才三十七歲，他也不過四十出頭，這一生難道就要如此折騰到盡頭？

她還會昏迷多久？有可能醒來嗎？江漢欽幾次問過不同的醫生、護士，得到一樣的回答：醫學上對昏迷意識的了解有限，無法推測病情。

妻渾身上下掛著五跟導管、兩袋點滴，轉回城裡住家附近的醫院，開始了全新的癱瘓生活，江漢欽也成了全職的看護，妻的父母已經老邁也都住南部，姊妹兄弟各自成家，偶爾來訪，無法久留；江漢欽也有年邁的父母需要關照，身邊沒有可以照顧妻子的親人，醫院建議他請看護，江漢欽最後決定辭職，全心照顧妻子，他要用全部的力氣和生命換回妻子的健康。

一切從頭開始。

根據課堂上學習的方法，他每天替妻翻身、擦洗、按摩四肢，最難是幫妻洗臉，清潔口腔，妻頭臉有幾處骨折，裂唇上有縫線，修補過的鼻樑軟骨，他小心翼翼生怕碰到傷口弄痛了妻，車禍前的妻，每天總要對著放大的凸鏡精心描繪自己的眉毛、眼線、睫毛、塗抹眼影、腮紅、唇膏、蜜粉，一道又一道精細如手工藝的化妝程序；化過妝的臉，不容隨便親吻，他早就習慣了那張冷豔疏離如面具的臉。

此時，病床上的妻穿著醫院寬寬垮垮的制服，全身上下四條管線加點滴，喝水、灌食、梳頭、翻身大事小事全賴江漢欽的照顧，竟是這樣奄奄一息無法動彈的時候，他才得機會無所顧忌的親近她，擺布她，看她失去行動能力的孱弱病體，他才感覺到命運的嘲諷。

日復一日，從照顧妻的瑣碎細節裡，江漢欽一點一滴的串起兩人疏離多年的感情，有如：自從妻躺在病床上，他們才逐漸拾回荒涼冷淡已久的共同生活。他因此感到悲涼而且荒謬。

一日，病房意外出現一個沒預期的訪客。身高和江漢欽不相上下，體型卻纖細瘦弱，長髮中分，馬臉丹鳳眼。

看到妻，那人錯愕震驚，遠遠超過悲傷的一種奇異表情。好像事情不該是這樣。叫我 Jo（Joe？）就可以！那人開口，雄性的聲帶夾著陰性的變調。

江漢欽一時無法確定是男性的 Jo（Joseph 約瑟夫），還是女性的 Joe（Joanna）？男的 Jo 和女的 Joe 在英文裡湊巧發音都一樣，白汗衫寬鬆的橙色瑜伽褲，也是男女莫辨。

那人說之前曾是妻的病人，看了一眼床上的妻，好像需要得到她的印證。

江漢欽從他的表情，讀出一點蛛絲馬跡。感覺那人和妻之間的曖昧，直覺告訴他，這就是妻的祕密情人。

兩人一直都沒再多話，也沒人想主動打開話題。江漢欽沒想多認識他，也不打算記住這個人。

叫 Jo 的人緩緩走到妻的床邊，看到妻的面容和身上掛吊的點滴與插管，久久說不出話。好一會，才遲疑的上前，握住妻的手，欠身在她耳邊說：Fay！是我，你聽得到我嗎？說著，伸手輕輕摩挲妻的手背，像在安撫，又似告罪。

跟我說話！Fay! Please!

Fay 是妻的英文名，很少人知道，可見兩人關係不比尋常。

妻的眼睛在車禍第四天已經不再睜闔，即使睜著也是茫然無焦，呆滯無神。此時，一滴淚從她的眼角溢出，沿著臉頰緩緩流到髮際，留下一道晶瑩閃爍的淚光。那一滴淚，讓江漢欽感到極度的悲戚與荒蕪，把他和妻之間的距離推得遠遠的，遠在天邊海角，難以企及。

那人幾次蠕動著嘴唇想說話，終究還是把話嚥回去。最後，愴然而去。

未幾就見 Jo 回頭，這次，開門見山，說正在跟妻分手，不幸就發生車禍，是妻堅持要見面，就在趕著去宜蘭的路上出了車禍。

江漢欽心裡總算有點眉目，追撞砂石車已能說明一點狀況。他心裡感到極大的枉然和悲哀，為自己也為妻，還有那位正在離開妻的戀人。一場無可彌補的意外悲劇！

實在很遺憾！那人說，也就那麼一句遺憾。還能說什麼呢？

說完，那人絕然轉身離去，沒再多看病床上的妻一眼。

看了床上躺著無法動彈的妻，他還需要跟這個人計較嗎？江漢欽頹然如挫敗的士兵，是命運打敗了他，不是眼前的人！

江漢欽在妻的通訊平台裡找到了Jo和Joe都是同一個人，之前是男子，他叫Joe，現在正在變成Jo（她）。從約瑟夫正在變成喬安娜。

面對病床上的妻，既不是過去熟悉的她，也非他現時所認識的人，原來，她每天花這麼多心神描繪那張臉，並不是沒有原由。他仔細回想了妻近年來的變化，生活中似乎有某種光亮召喚著她，讓她生活在一種祕密的愉悅中，一個他所無法分享的隱私。他很好奇，但從未去探究，他採取的是鴕鳥的迴避，一個人去養生館享受安娜的按摩，不時把安娜幻化成青春美魔女。

想到此，他的心一絲絲的抽痛著。他無法正視妻那張傷破損的臉，他要悲憫自憐？還是任她咎由自取？

必須原諒她！江漢欽告訴自己，否則，如何能一日又一日替她洗臉、擦身、按摩手腳、清除眼垢、插尿管、洗私處、餵食鼻飼流質、更換胃管、記錄二十四小時出入水量、查看滴管、導管，確保沒有受壓、曲扭或阻塞？

那個就要從男子變成女子的人離開後，妻的狀況從中度昏迷轉入重度昏迷，對外物聲光刺激沒有反應，不論叫她名字、刮她腿側，截她腳心都不再有反應。醫生說：妻的心跳呼吸仍然正常，但意識、思維、記憶等等功能已經喪失，也就是腦幹功能存在但腦皮質功能已失去，日後也很難再恢復。

江漢欽直接的聯想就是：她感知戀人絕然離去，自己也放棄了存活的意志。

妻的尿道意外感染了細菌，江漢欽筋疲力竭，他每次都有洗手消毒，不知道那個環節出了錯，妻的私處發炎腫脹，陰濕暗紫如一片爛掉的腐魚。

江漢欽沮喪極了，好像整個世界都在和他作對，妻的身體、器官，一步一步萎凋敗壞，生命體徵越來越不穩定，他自己也一天天在坍塌崩潰。

此時此刻他無法離開，也沒有選擇，如果有愛，那愛還能給他力量，讓他堅持下去。他卻發現自己只能靠著憤怒與嫉妒，折騰著自己的靈魂和肉身，彷如置身煉獄。

電話裡，善體人意的安娜告訴他：

這樣，你把心裡所有的煩惱，不喜歡的，不想要的、傷心的痛苦的一切的一切，所有你想忘掉的，拋棄的，一條一條寫在一張紙頭上，再把這張紙頭折成一隻小船，放到溪水裡流到遠方，你所有的煩惱和痛苦就會消失遠離。

很靈的！你一定要試試！安娜慎重其事的說。

你要經常跟她說些話，唸她喜歡的書，給她愛聽的歌，只要用心，她會感覺得到的！真的！安娜說了又說。

妻再沒清醒過來。

妻睡著的時間越來越長，初夏之交，冷熱無常，江漢欽沒注意夜裡驟降的溫度，妻不不幸感染肺炎，肺裡積痰，不時要用一根特製的吸管吸痰。江漢欽夜裡半睡半醒，擔心痰堵塞，幾天折騰下來，形銷骨立。

他無法再繼續這樣的日子！一天二十四小時都是折磨！他不知道這樣躺著一無動靜的身體，還是不是一個活著的生命？還有沒有存活的意義？

同房鄰床已換過三個病人，都是進來做檢查、手術、打滴點、住院幾天，腸一通氣放個屁就過關，開始又能吃喝拉撒，很快就打點行李回家去；新來的人重複一樣的程序，放好個人衣物、換上醫院制服，把生命交給醫生，進進出出，做檢查、等報告，江漢欽已經習慣了醫院的作息、醫護人員的臉孔，漸漸看透生老病死的人生，就是看不到妻子的未來以及日漸消瘦的自己。

有天，電梯裡遇見一個表情木訥，穿著拖鞋短褲的中年男子，身邊一前一後跟著背著書包的男孩、女孩，小學生年紀，手裡塑膠袋提著吃剩的食物，一路趕來的倉皇，一起進了電梯裡，女孩仰頭天真的問爸爸：是不是要去看媽媽？爸爸點點頭。女孩又問：媽媽怎麼了？

爸爸木然無表情的答：媽媽死了！四個字清清冷冷從父親嘴裡吐出。哀莫大於心死，莫非就是如此？

死了就不會回來嗎？女孩繼續無知的看著爸爸，等著爸爸給她回答。

爸爸沒說話，也沒有任何表情。女孩接著又問：那，媽媽到底在哪裡？

在殯房裡！爸爸說。

殯房是什麼？

女孩約略五六歲，細長的手腳，穿著大翻領海軍裝，拧著一隻髒舊的玩具熊，顯然不明白發生在媽媽身上的死亡事件，傻愣愣跟著爸爸帶他們去一個叫殯房的地方，探望死去的媽媽，不知道殯房裡的人都永遠不會再醒來，不會再回答親人兒女的叫喚，一路跟著父親蹦蹦跳跳朝殯房的方向走去！

生死兩界，江漢欽第一次感覺死亡那麼貼近，隔著一道牆，就是另一個世界！

一場車禍沒將他和妻天人永隔，卻將兩人牢牢的捆綁在一起，簡直像扣著同一鉸鏈的囚犯。

隔鄰病床新來了騎機車摔進山溝的年輕男子，說起和同居女友共有的小米克斯狗，在家門口不幸被車撞傷後腿斷了神經，瘸了的腿沒知覺，走路靠兩條前腿拖著下半身挪動身體，屁股磨蹭著地板，皮破血流，看獸醫吃抗生素擦消毒水，每天要幫牠清洗傷口、換藥、包紮；傷口還是持續潰爛蓄膿出血；已經半身不遂。

狗卻格外聽話，痛了也忍住不叫，殘廢了還是忠心耿耿，每天下班時間一定要爬到門口等主人回家，讓主人摸摸牠的頭，知道自己沒有被嫌棄。

年輕的狗主人嘆一口長氣：醫生說沒藥醫了，最強劑量的抗生素都無效，好不了，但，一時也死不去！只能繼續打消炎、止痛，慢慢等牠自己器官衰竭至死。醫生沒建議安樂死，因為女友一提到任何與死亡相關的字眼就歇斯底里的大哭，完全拒絕面對現實。

狗主人感嘆的說：偏偏那狗特別懂事，每次替牠洗傷口、包紮，總是用歉疚、委屈又感激的眼神深情的看著主人，痛得厲害也不敢叫出聲，頂多嗚嗚低鳴幾聲，然後委屈又罪過的看著主人，好像說：對不起！親愛的主人，不能盡職做隻好狗，還要拖累主人！然後，頭就一直往下低，低到鼻子就要碰到地板，非要等你摸牠一下，示意原諒，牠才肯抬起頭來！咧著嘴對你感恩一笑！

狗主人說牠活得很痛苦，狗似乎也知道主人出事，焦慮得不肯進食，成天躲在床底下哀鳴如喪考妣，聽了就叫人心痛！

年輕的狗主人深深嘆口氣，感慨道：真希望那狗死掉！

這無心的一句話，震動江漢欽的心，喉嚨哽咽著哭不出聲，眼淚卻大粒大粒滾落下來；這些日子來所有積壓的辛勞、怨懟、傷痛、絕望，一股腦奔瀉而出，終於有人開啟了那扇禁忌之門，讓一切罪惡痛苦愧疚憤恨釋放而出，讓人性的真實得以袒露，江漢欽終於可以坦然面對生命中所有可能的惡與真實的自我！

有如獲得天啟和救贖，他終於面對了妻已經徹底癱瘓的事實，終於敢去設想妻極大可能變成植物人的悲劇，而且，潛意識裡，他原來一直渴望著妻的痛苦的早日結束，他的勞累、愁苦、傷痛、自責可以一併結束，他無法看著她日日夜夜過著非人的生活，麻木無感的軀體、囚禁受困的靈魂，沒希望復原也沒有結束的盡頭，求生不能求死不得的折騰；終於有人替他說出了內心最幽暗的祕密，那個渴望結束悲慘命運的強烈念頭，經由他人之口獲得解脫赦免，他並不是唯一的罪人，狗主人同樣希望牠心愛的寵物可以死去。

醫院裡的一張病床就是妻全部的生活，那些藥物支配著她的二十四小時，醫生、護士、時刻表、檢驗報告主宰了她的生命，她只是躺在那裡無法動彈，隨時等待被醫護人員處置，等待被宣判，等待暗中窺伺隨時可能造訪的厄運。

自從那個叫 Jo 的人離開之後，妻也漸行漸遠，醫生說：她已經失去意識，不再有記憶、思考、感知。就是一般說的植物人，如果不依靠維生系統，恐怕無法支撐下去！

如果死亡不來？這突發的念頭猛然蹦出江漢欽的腦袋，像邪惡的精靈，也像上天的咒語，牢牢勒住他脆弱敏感的心房，像毒蛇不斷往內心暗黑處鑽去，挑戰著著他的道德良知理性情感，挑戰著他身為一個卑微無助的病患家屬，一個同樣需要生存與活命的被離棄的男人！

電影裡死神穿黑衣戴斗篷，遮著眼罩，高高舉著鐮刀，陰陰笑著引鬼魂往冥路走，死去的人無知無覺，一路天真歡喜的跟著，不時還唱歌跳舞，彷彿出發去遠遊。

江漢欽想起電梯裡那對不知死亡為何物的小兄妹，殮房的氣息帶著死亡的孤絕，凝結了周遭的空氣，讓江漢欽打了個寒顫。

死亡，不再令他感到害怕，最怕是死亡不來，那才是災難的開始。

他渴望妻的痛苦可以結束，一切肉身的折騰能獲得解脫，靈魂可以自由。

死亡不來，那奇怪的念頭不時閃現在腦海，不斷滋長擴大充塞著他全部的思維，橫梗在神經中樞，哪裡也去不了。

死亡不來！彼岸遙遙，活著猶如噩夢不醒，日夜纏縛。

遺言

那人家素來清靜無聲，院裡草木深長，門前兩棵跋扈張狂的棕櫚樹裡蟄居著晝伏夜出的蝙蝠，夏日黃昏天色暗朦之際，潛藏的蝙蝠便出外捕食黑壓壓的細小飛蚊，行動倏忽如鬼影。

那人家也不跟人打交道，也不是性情古怪，路上相遇，都會殷勤微笑，謙虛客氣，就是難得開口說話，怕給人麻煩似的，完全不似村人習性，只像在生活裡撤退、歸隱；而村子這麼小，幾乎沒有人不知道他們是誰，但又沒人真正知道他們到底是誰，小島上的村落來來去去各式人種，土洋雜處，村人早習慣了這樣流動的生態，很少人去細究人家的底細。

是以同在一條山路盡頭，隔著院牆與竹林，素素從未與那人家有過正式交談，每天清早，從那院裡走出來一個清淺裝扮的長髮中年女子，黃昏定時返回；屋裡那清瘦枯槁的男人，臉色烏沉黑紫，眼神混濁不清，看起來是肝火旺盛的一種人，早晚見他繞著院子甩手做運動，不運動不走路的時候就抽菸，深深淺淺的咳嗽一年四季，穿過院子傳到素素書房窗口。

初夏五月，寧靜的空氣被一句句撕肝裂肺的哀號所震動。

「我好寂寞啊！我好寂寞啊！」一句句淒厲的哭號割裂薄弱的空氣，顫動素素的耳膜。寂寞原本是無聲的、內斂的，是在靈魂深處啃噬蛀食而不發出任何聲響的！那一句句呼喊，竟讓素素覺得寂寞如幽靈怪獸紛紛出籠，張牙舞爪，面目猙獰。

打從搬到島上和那人家為鄰，五年間從未聽聞那人家有過激烈聲響或異常動靜，放下電腦前的文案工作，素素帶著好奇與不安，穿過隔牆的竹林，經過石榴樹與扶桑，來到鄰家門前，用力敲了門，那老式對開的木門並沒有電鈴，平時似乎也難得有人造訪。

「徐太太，是我，鄰居素素，發生什麼事？需要幫忙嗎？」

裡邊的哭聲止住，門開了，女人紅著眼鼻，拭乾淚水。

「叫我小周就好！」女人有點尷尬的說，並不解釋什麼，比了手勢讓素素進屋。

屋裡光線昏暗，壁紙陳黃，門邊一把搖椅，周圍的牆壁和屋頂被煙燻出一片褐黃，空氣裡飄著藥草味，時間在這裡遲緩而倦怠。

坐在客廳角落的餐桌旁，兩把老舊的藤椅，小周說：「那男人住院了！肺癌末期！發現時已經太遲了！」小周極力維持鎮靜，淚水已經完全收束，神色悽惶。

小周說：老徐那男人平日足不出戶，病了也不看醫生，脾氣古怪性情頑固，而且孤寡無情小氣吝嗇，以致妻離子散，一個人晚景淒涼。此回住院，從加拿大先後來了妻子孩子，妻子看了他不到五分鐘就走了，其他孩子來了一下也紛紛找藉口離開：有會要開，有報告要寫，小兒子有女朋友，趕回去只為了不能爽約，完全不顧醫生提醒：病人情況不佳，隨時會走！

三個兒子都聲稱工作繁重，無法久留，將臨危的父親遠遠丟在身後，一個比一個絕情！似乎不知道父親這一面之後就可能沒有下一次，這父親的存在與否似乎無關緊要。顯然，這父親並不在他們的生活裡，不論感情或其他，那父子之間已然失去實際的關聯，父親只是一個頭銜，一種稱謂，一個命定，此外並無實質的意義或作用。

「只有我陪他！從早到晚，給他換洗，煲他湯喝，餵他藥草，問他病痛。每天清早一個人帶著午餐晚餐兩個便當出門，夜裡帶著兩個空便當回到空蕩蕩的住處……」小周不無悲憤的申訴著。

「我不喜歡這房子！從來就不喜歡，剛來的時候晚上都不敢關燈睡覺，床鋪下有蜈蚣穴，廚房角落住滿蟑螂，眼鏡蛇穿梭在院子裡，各種有名沒名的蟲子四處出沒……。你看！門前那棵棕櫚樹上還住著蝙蝠，已生了數代子孫，蝙蝠像女人，胎生，每次只生一胎，牠們敏感怕生，喜歡幽暗，受到騷擾、馬上就會搬家……」

小周話語間帶著無限委屈哀怨，那屋子似乎從沒未給過她安寧，她的處境像廳堂中央那盞孤垂的燈泡一樣，懸在半空，無著無落。

素素安靜聽著，做了五年鄰居，這算是第一次正式會面交談，不幸一開口就是生老病死家庭恩怨，一時也不知該如何安慰對方，如何介入？也不清楚小周和同住男人老徐的關係，一直都不知道她姓名，以為一個年長的男人和一個中年女人生活在同一個屋簷下，理所當然是夫妻；顯然，老徐的妻子孩子長期都在國外，小周若非小三就該是非婚的貼身伴侶？

小周再三抱歉自己失態！初次會面如此不堪。她說自己沒什麼親人，也沒什麼親近的朋友，發生了事故，突然就變成孤伶伶，一個人不知道該怎麼辦？

素素握住小周的手，安慰她說：「我就在隔壁，隨時需要就來找我！」

那之後，隔鄰屋子安靜了一小段時日。

有天清早，院裡飄著輕煙帶著草香，是隔壁小周在燒艾草，說是除霉氣，隔著院牆，她看起來和平常一樣清淡素淨，如同過去所有平靜的日子，似乎什麼事也不曾發生。

三星期之後，小周帶著沒吃的晚餐便當回來，打開屋子所有的燈，一個人開始清理房子，丟掉臥室衣櫥裡男人的西裝外套鞋子襪子內衣內褲，浴室裡的毛巾牙刷刮鬍刀菸灰缸拖鞋，一頂戴了十多年的鴨舌帽，扔掉了又撿回來，聞到帽子上他的髮油味，枕頭上經年是那樣的氣味，夢裡也浸透著的氣味，忽然間就意識到男人已經過世，所有他留下的用過的東西卻都活了起來，一一在言說那個男人的存在，甚至，一頂帽子，一只菸灰缸就能勾起那男人的日夜和一生。

「去了哪裡呢？臨走之前還能說：想吃碗熱騰騰的皮蛋瘦肉粥……」

很意外男人說去就去，那屋子本來應該是空了的，卻突然多出一個不散的陰影，活著的時候都不知覺那人的存在，死了才看到他留下的空虛。

屋子裡沒有聲響，沒了人氣生息，沒有需要她照顧的人，孤伶伶的在沉寂的屋子裡，他回不來自己的家，他出門一趟就永遠回不來了，那就是死，真的不會再回來了！日後漫長而寂寞的日子將如何過下去？

夜裡，小周輾轉難以成眠，沒了身邊男人的體溫以及睡覺的鼾聲，整個房子變得空得讓人心悸，院裡的樹在風中發出唰唰的聲響，屋角門後所有看不見的黑暗處，都是窸窣的聲音，男人的影子四處都在窺看……。

連續三天，小周徹底打掃屋子內外，清理男人遺物，買回來冥紙、檀香，按部就班安排著男人後事，翻箱倒櫃找到一張六十歲生日時照的男人相片，頭髮還泰半黑著，臉上也隱約有一絲笑意，她拿了給照相館加工，沖洗放大，裱了金漆木框，布置了靈堂，早午晚供養他三餐，給遺像上香，要他在天上快活，保佑她在世間平安。

頭七，小周過了院門來問素素：能不能陪她一起給死去的男人燒冥紙？

素素點頭說好。

是夜，兩個女人蹲在大門邊上，腳跟前堆疊著簇新的冥錢，淡淡的散出異香。

小周解釋：要一張一張分開的燒，正面朝上，必須燒得完全才管用，就像銀行支票，必須完整清晰，缺角漏簽都要作廢。小周用兩根手指將冥紙由中間夾起，向素素示範如何讓它立體對摺。

兩個陌生而親近的女人，戰戰兢兢給死去的人燒紙錢，死去的男人有一顆金牙，生活裡發生了一件事叫「死亡」，兩個女人一張一張虔誠慎重的燒冥紙，誠心相信那是他需要而且必然會接收到的冥世紙幣。

當下，火光熊熊，死亡躁烈凶猛，素素額頭冒著汗水，心裡乾渴淒滄！

小周說她有點怕，怕他回來。

素素一心埋頭燒冥紙，不敢四處張望，生怕不小心看到不想看的。眼前一團熊熊烈焰，四周漆黑如墨，男人的影子卻在此時變得清晰立體起來，映著火光，素素似乎就能看見那顆隱隱發光的金牙，在裂開的唇隙裡透著光。她趕緊閉上眼睛，甩掉腦子裡男人的影像，低頭默念阿彌陀佛。

兩個女人就這樣燒了一夜冥紙，一疊燒完又一疊，燒得口乾舌燥，臉頰火熱通紅。

邊燒小周邊說：男人的妻已經拿走他留下的房契，自己因為和男人沒有名分，也就沒有立場，更沒有權利。但是，十八年來，從住院到臨終最後一口氣，陪在身邊的都是她一個人！小周嘆自己命苦，沒想男人這般刻薄寡情，什麼也沒留給她！遇見他那一年才二十三歲……。

「我並沒有責任留下，也不圖他什麼，這樣的男人，也沒什麼可圖的，但，這人似乎也沒有朋友，他生性孤寡，不愛跟人來往，我自己也沒志氣，留下來就一直沒有再離開……。」

本來，到香港之前，小周說她在上海織布廠裡當主管，手下二三十個工人，生活都安穩，但家人不信共產黨，想辦法託親戚將她帶到香港，經人輾轉介紹來到九龍，在一家茶餐廳做洗碗工。很辛苦，站在廚房後面一個漆黑黏膩的水槽邊，一洗就是兩三個鐘頭，中間除了上廁所都沒有休息。後來，經同事介紹給島上那獨居的男人做打掃，工作並不多，餐食之外，打掃也不需要天天做，當時雖然覺得那男人不可親近抑鬱寡歡，但也只是打一份工，就從未認真思量前途未來，日子不過是賺錢填飽肚子活下去。

男人那時五十出頭，清瘦乾癟，鎮日抽菸咳嗽，工作的家具店老闆給了他一筆遣散金，叫他回家休養。從那時起，他就沒再工作過。妻子孩子是什麼時候離開的，他從來不提，為什麼離開去加拿大，他也沒說。都是認識他之前的事。一直就覺得老徐這個人有心事，以為遲早他會跟自己說，結果，到死，一個字也沒有提起過。

給老徐工作幾個月之後，他就請她搬進來跟他住，按月支付薪水之外，再加生活費，日子就這樣一晃十八年。

「那，你愛過人嗎？」素素的意思是：老徐這個男人！或以外的其他男人？她好奇小周這樣清麗賢淑安靜文雅的女人，如何願意跟一個年老又缺乏情趣的男人，在離島鄉下過單調平白的日子？

「沒有。」小周率直的回答讓素素感到意外。「如果不是因為軟弱，我怎麼會困守在這裡走不出自己的生活？」她說，和那男人的關係是恩情，不是愛情，每天睡在一起，沒有親密愛撫。

「一開始，他問過我：是否願意跟他睡，我沒說不願意，雖然心裡並不想，當時年輕，很在意男人比自己大很多，但，一個人離鄉背井孤身在外，那年頭生存比什麼都重要，自己也沒姿色、沒才能、沒膽識也沒心眼，就是個普通尋常的婦女人家，連夢想都沒有……」

「但，我心裡一直感激他，因為當時他說了一句話，他說：『我不會勉強你』，那句話讓我一輩子願意跟在他身邊照顧他。我想當時是受了感動，知道有人會真心對待我，其實，他如果真的想做什麼，我一個人也反抗不了，這樣，在那些寄人籬下的流離動盪中，知道自己會有一個家，家裡會有一個男人等著我給他燒飯做菜，心裡就安定落實了！沒想到，糊里糊塗就過了半輩子……，歲月不饒人啊！」

「他的妻子呢？離開後就一直沒來往？」素素問。

「過去的事他不提，我也不敢多問，看得出來他心裡有苦，自己默默承擔，有時，我懷疑他是被妻子遺棄的，一輩子放不下又不肯原諒……」

話到此，忽然颳起一陣陰風，吹飛了燃燒的冥紙，黑漆漆的夜裡頓時翻飛著一朵朵金光閃爍的紙火花。兩人立刻起身，慌亂的用腳急踩，踩出一團團煙灰火光，蝙蝠受了驚動，突然從樹叢裡鑽竄出，發出一串高頻率尖細叫聲，嚇得兩個人趕緊縮在一起，互相壯膽。

幸好，風一陣過去就停了。小周覺得是自己說了什麼冒犯男人的話，懊惱不該在死人面前談是論非。尤其這是關係他的隱私。

「這些話平常我萬萬是不會說的，也沒人可以說。」小周欲言又止。

兩人於是低頭默默燒著冥紙，好像那男人真的會在另一個世界安心領受。

葬禮過後，小周意外來了素素家，顯然是有話要說，進了門就直言：「我也不是什麼三頭六臂的怪物，但是，整個葬禮過程，包括住院期間的探訪，老徐那男人的妻子從頭到尾都沒正視我一眼！」小周抱怨。

「你不需要在意什麼呀，人都走了，你們本來互不相干，你也可以對她視而不見，兩個人不就扯平了？」素素沒有察覺小周滿腹委屈無告。

「那是對人的鄙視，我雖然不需要她的尊重，但老徐這後半輩子，整個生病住院都是我一個人日夜照顧，那些所謂妻子孩子，誰真正關心過他？」

「徐先生在天之靈會知道，也會感激你的，凡事心安就好吧？」

小周沉默一會，終於提到正事：男人在住院的時候交代：房子在他死後繼續讓她住一年，每月七千港幣工資也將繼續照付一年，算計起來近十萬港幣，她算算回上海過日子也勉強能湊合。十八年來即使沒有名分，過的也是夫妻的日子，小周總相信：私底下，背著他遠在加拿大的妻子孩子，他會給她留藏一份祕密的遺囑……。

她搜索過整間屋子，翻遍男人生前那張蕭條破敗的書桌，上面盡是斑駁的茶漬菸跡，抽屜裡過期的八卦雜誌，女人粉嫩的大腿與暴脹的胸脯，陳舊的紅包，發黃的電費繳單……，查看每一個信封袋，每一張寫著黑字的白紙，翻箱倒櫃上天下地，除了一堆雜物廢紙，就是沒有遺書。她多麼希望會在枕頭下、抽屜裡或餅乾盒子意外發現男人的字跡……。

「這是比較棘手的問題，如果房契在妻子手上，法律面前你可能就比較吃虧，不如找個律師問問？」素素愛莫能助。

「老徐答應死後房子繼續讓我住的。」小周相信他，以為他一定會有遺囑交代，只是不知道放在哪裡？小周似乎將未來的幸福希望都寄託在那一份遺囑上。

那之後一星期，來了地產公司代理，給小周一個書面通知，限她一個月內搬走。原來，老徐的妻子已經委託地產公司接管房子，準備粉刷裝修後出租。

幾天後，素素正要出門趕赴約會，小周一個人提著兩個行李箱，說有東西託管，匆匆抱過來一台電視機，一邊牢騷：老徐那男人寒酸小氣，家具都破爛不值錢，只有一台老舊的電視機，包裝的紙箱仍然保存完好，電視是有用的，但又笨重不堪，想帶走都費事。

剩下一隻養在院子的母雞，關在積滿灰白糞便的籠子，籠子是木頭釘的，非常結實厚重，那男人年輕的時候是個木匠，炎夏酷暑，雞糞臭氣沖天。那雞原來一直養在後院裡一棵佛手樹下，經常在地裡走動尋找蚯蚓，已經不會下蛋，年紀太大。

最後，還有一隻綠八哥，裝在鳥籠裡，也是一身孤寒，小周一一帶過來，說雞和鳥送給素素，電視機暫時寄放，等她安頓好住處再回來取走。

一到素素家院子，那綠八哥忽然開口：「唔該！唔該！」的叫起來，那是素素每天跟郵差打照面的話，謝謝！謝謝！綠八哥暗地裡都學了！不知道那鳥還會說些什麼？也許能透漏一點關於主人的祕密？

素素沒有時間考慮要或不要？能或不能？匆忙間只能照單全收，臨時打電話交代打掃的鐘點管家，託付她照顧新加入的家庭成員。

倉皇告別，留下的母雞到處拉屎，烈日焚曬，臭味撲鼻，招來大小蒼蠅，素素忍耐了三天，不得不送到當地農舍，讓牠和同伴們一起過雞所應該過的日子。

那主人離去的綠八哥，叫了一天唔該唔該，隔日就翹了辮子，死因不明；可能為主人離去而斷魂，或被素素家野性未泯的貓所驚嚇致死，也可能承受不住夏天院裡的暑熱而暴斃；打掃的管家從接管那隻鳥之後，就將籠子掛在屋前雞蛋花樹枝上，素素忘了給籠裡的八哥水喝，那樣叫了一整天又渴又熱，恐怕難以活命。

空下的屋子，很快來了油漆工人，兩週後搬進來一對南非剛抵島上的年輕男女，在院裡開始修剪花草，種植吊蘭，在兩棵棕櫚樹之間掛起吊床，砍了歪歪斜斜的木瓜樹，客廳掛上碩大的紅燈籠，聽著非洲激烈躁動的鼓樂……，徹底掃除了那房子過去所有的幽深靜謐。

日子又是另一個章節的開始。

半年過後，素素收到一封發自本島港九的信，是過去鄰居小周所寄，從她清麗的字跡，文雅的遣詞用句，素素恍然她原來是讀過書、寫一手好字的人，難怪她和村裡的婦女都不一樣，那時只覺得她嫻靜安分，沒看出那是她的內涵教養。

小周在信裡稱：素素是她生活裡唯一可言談並可信賴的朋友，她十八年和一個孤寡寒傖的老人過著自閉的生活，真不知道是著了什麼魔？

「也許是前世欠他的債吧？」

信上說，她回了一趟上海，本來打算要在那裡工作，以為回到家鄉，可以生根落葉，但那城市已經不屬於她這個時代的人了。日子不好過，難適應，也沒了親人，那裡人原來都已經比她富裕而且發達，回不去了！

再回到香港九龍，她最初抵港時暫住的老房東處，臨時找了一個洗碗工作，生活忙碌而疲累。

「但起碼習慣香港的生活。」她說。

她想找律師替她索取男人答應給她住的房子，信裡還提到：那男人的孩子妻子都避不見面，也找不到電話地址，男人生前答應給付的一年工資，還有住房，總計十來萬港幣，她問素素有沒有認識的律師朋友可以幫忙？

小周還說：這半年間她曾回來過島上，在渡輪碼頭給素素打電話，沒人接，她一個人沒勇氣回去那個家。太寂寞了！她說，遠遠看見那房子，就想起過去一個人上坡下坡踽踽獨行的孤單身影，一股辛酸淒涼湧上心頭，她無法回去面對十八年的荒蕪歲月！

「我是什麼？」離開之後，她曾這樣自問，不是人妻，也非家傭，說朋友都很諷刺，連小三都當不上。十八年付出，落得什麼都不是。

事實上，她什麼都是，就是不是一個合法的妻子，素素心想。

「好大的悲哀！我竟然這樣過了大半生，到了這個年紀，空耗了青春，一無所有，才想起自己要怎麼過生活，想到未來。都四十多歲，男人死了才明白生活是怎麼回事。」

信末，小周說：想要環遊世界一趟，開開眼界，十八年來，生活除了那個蟑螂出沒的陰濕廚房，蝙蝠棲息的陰暗院子，那條孤寂的山路……，她沒有過過自己真正想要的日子，離開那個家，告別過去之後，偶然抬頭看天，飛機真像滑過藍天的一隻大鳥，那麼小，卻能載著人離開地面，遠離現實。

「所謂世界，不過是雲端裡的一種想像？」小周在信末如此自問。那是生活所剩的最後一點憧憬。

【附錄】

不是解謎，而是學習與謎共處

——讀黃寶蓮的三篇小說

楊照

為什麼有小說？為什麼要虛構其實並不存在的人與事，為什麼明知其為不存在的虛構，讀者卻仍然讀得津津有味，付出時間精力，還會在讀完後油然生出一種對於作者的感激佩服之情？

其中一個理由，是小說家藉由虛構挖掘說明原本深藏在外表行為之下的反應與動機。現實生活中，每個人都只有一份內在，頂多只能明白自己在想什麼、在感受什麼；頂多只能解釋自己為什麼說了這話、做了那事。說「頂多」，因為往往我們連自己想什麼、感受什麼都掌握不住，更說不清楚。而且依照佛洛伊德以降的心理與精神探索，那麼我們的自我解釋恐怕也不見得能被信任的。

只能靠虛構，靠一種現實中絕對不存在的穿透洞見，我們才看到現實的多層立體全貌。這個人這樣想卻那樣說，那個人聽成那樣於是悄悄在心中作了這樣的決定。讀小說一種潛在的過癮就是：我們比小說中的任何一個角色，更了解他們所在的人間處境，生活是他們的，喜怒哀樂是他們的，但生活中喜怒哀樂的來龍去脈，他們誰都無能全盤燭照，只有我們能。

小說把我們從一個必然充滿渾沌謎猜、只能分分秒秒從一己有限視野打混仗的現實，運送到另一個時空中，一個有頭有尾有中腰，結構井然的時空；更重要的，一個因果井然的時空。

閱讀小說，也就是經驗這樣的時空挪移對照。有時，我們可以從小說中得到對於生活結構與因果的領悟，將之用來整理周遭現實，看出了原本隱藏在我們意識之外的結構與因果。因為小說，對應照出了現實的道理。

不過也還有另外一種時刻，小說和現實的對照，帶來的是深沉的悲哀。可以認清骨子中所有人情互動因果的虛構情境，讓現實看來更陰晦、更不透明、甚至更凶險——「為什麼我總是弄不懂他究竟愛我還是不愛？為什麼我總是無法分辨人的真心與虛情？如果也有個小說家可以把我的人生寫成小說解釋清楚，多好！」

乍看下，黃寶蓮的小說沿著這樣一條路進行著。以一個陰晦、不透明，近乎怪誕的現實場景開頭，那場景本身，召喚著讀者好奇，也就同時召喚起要求解釋的衝動。

馬蘭怎麼會在席揚住在她家時，又將一個長髮青年帶回家呢？（〈第三者〉）總是沒有聲音的人家，為什麼突然傳來「我好寂寞啊！我好寂寞啊！」的淒厲叫聲？（〈遺言〉）琴師賽門又怎麼會摔斷了一條腿？（〈黑貓骨頭〉）

黃寶蓮習慣並擅長以一個不尋常的懸疑開頭，她的小說擺好了問號的姿態，提示讀者帶著一種追尋答案的心情來閱讀。接著她將那問號鋪陳開來，回答了一部分，卻在回答的過程中，牽引出更多的問題。

她藉由小說人物的內在思考與感受來回答，卻又透過時間流淌中的事件敘述持續提問。這兩種內容，在小說中形成了奇特的拮抗關係。〈第三者〉中，我們進入了席揚的內心，知道了他對馬蘭的多年暗戀情愫，也就知道了他和眼前這位長髮青年大風之間的尷尬緊張關係，但我們的「知道」沒有維持多久，突然小說中馬蘭將他們兩人留在家中，自己獨自出門訪友去了。馬蘭去哪裡？為什麼要做這樣的事？

〈遺言〉裡，素素敲了門，毫無困難敲開了小周的屋門，也毫無困難地從小周口中知道了她和老徐的關係，但突然，「小周帶著沒吃的晚餐便當回來，打開屋子所有的燈，一個人開始清理房子，丟掉臥室衣櫥裡男人的西裝外套鞋子襪子內衣內褲……」老徐未曾在小說中現身就死了，他死後卻讓他和小周的關係陷入更深更難解的問題坑洞裡。

慢慢讀下去，我們不得不開始在心中產生了懷疑——黃寶蓮給我們，真的是對於小說人物迷疑問題的層層說明、解答嗎？儘管那手法看來像是一段一段的揭露，但為什麼揭露得越多，我們卻沒有因而覺得對小說人物越來越親近了解呢？

〈黑貓骨頭〉中段，一個全知的聲音詳細地敘述了賽門成長的經驗，母親的離棄，父親的疏遠，到他發現了風，發現藏在吉他中的風聲，找到了生命的追求。看起來，這應該就是賽門怪異的外表與行為下藏著的祕密，但是，為什麼祕密揭開了，我們卻兀然驚覺賽門還是如此令人陌生呢？

同樣的，我們明白了席揚和大風那個晚上彼此的攻防心理，但回頭一想，這整件事的源頭，那個將自己的家莫名其妙交給兩個男人的馬蘭，仍然和小說開頭時一樣模糊神祕。

在〈遺言〉裡，換作是老徐，從小說開頭到小說結束，保持著讓讀者看不透的模糊神祕。我們弄不懂他為什麼選擇如此過活，連帶也就弄不懂他和小周之間為什麼能維持一種完全無解的關係：「不是人妻、也非家傭，說朋友都很諷刺，連小三都當不上。」

顯然，並不是黃寶蓮沒有能力藉小說提供答案，而是她選擇寫一種不一樣的小說。她的小說，只是表面襲用了「懸疑—鋪陳—推論—解答」的形式，骨子裡，她在意的不是小說情境的來龍去脈與因果關聯。

她在意要寫的，毋寧是一種謎的延續。馬蘭是謎、老徐是謎、賽門也是謎。表現他們作為人生之謎的方式，黃寶蓮選擇的，不是把他們一直藏在暗處，作為陰影存在，不給我們探詢的線索。不，她給了很多線索、很多解釋，但這些線索與解釋，最終卻都靠近不了他們的核心。對於這三個人，小說不是沒有形成答案，而是終究我們無法被這些答案說服，黃寶蓮不要我們被這些答案說服，在答案的失敗挫折中，傳遞更強烈的謎感。

雖然採用的是較為傳統的敘事角度，沒有動用明顯的現代或後現代技法，黃寶蓮寫的，畢竟是具備現代風格的小說。傳統敘事，尤其是全知觀點，在此被放在一個類近反諷的位置上。全知，顧名思義應該是洞悉一切，也就應該解釋一切。但黃寶蓮表面形式上的全知，卻帶著作者主觀賦予的匱缺，有其到不了的地方，更有其解釋不了的龐大範圍。

甚至可以這樣說：動用全知，不過是為了對比全知之不可能。小說家及其虛構能力，有其限制。看到生活上的一個謎，無法在現實中解答，我們就寄望小說家動用其虛構，探入內在，為我們帶回真相真理。然而，小說虛構解釋了的真相真理，畢竟就不是構成現實之謎的真相真理。

或許我們最該學習的，反而是如何和謎共處（to live with riddles）。過去小說提供解謎的答案，但讓我們冷靜地看清，那答案畢竟只存在於小說虛構的時空，答案即找到答案的承諾，其實是小說家最大的、本質的虛構。

從謎出發，到達謎的終點。黃寶蓮這樣的小說，卻也不是戲耍我們、帶我們走一趟白費的閱讀旅程，而是在這過程中，創造出恍惚效果，讓我們進入一種臨界狀態，幾乎可以自欺地相信我們得到了答案，至少是自認為有把握看到了或猜到了答案，但敘述流轉，卻總會轉到這個殘酷的點上，戳破讀者心中那點恍惚自信。

〈遺言〉中，那被假定應該存在的遺書，怎麼找都找不到，形成了過不去的障礙。〈黑貓骨頭〉中，小說早早已終結在賽門帶著瘸腿離開香港到曼谷去，我們無論如何不知道他的腿究竟是怎麼斷的。

是的，就像賽門終究要學會如何和斷腿共處，我們終究也只能學會和生命中的種種謎團共處，不能再依賴小說提供我們解謎的安慰。小說曾經承諾我們解謎，現在，小說回身無情地逼迫我們勇敢看清謎之不可解的宿命。

（本文收錄於二〇一三年十月《印刻文學生活誌》一二二期）

篇章原載出處

・〈愛上一棵櫻桃樹〉　二〇一三年四月　《短篇小說》第六期
・〈飛行的夜〉　二〇一五年二月　《短篇小說》第十七期
・〈第三者〉、〈黑貓骨頭〉、〈遺言〉　二〇一三年十月　《印刻文學生活誌》一二二期
・〈周大為牽牛渡海〉　二〇一六年三月　《印刻文學生活誌》一五一期

印刻文學 613

跳水的小人

作　　者　黃寶蓮
總 編 輯　初安民
責任編輯　宋敏菁
美術編輯　陳淑美　林麗華
校　　對　吳美滿　黃寶蓮　宋敏菁

發 行 人　張書銘
出　　版　INK 印刻文學生活雜誌出版股份有限公司
新北市中和區建一路 249 號 8 樓
電話：02-22281626
傳真：02-22281598
e-mail：ink.book@msa.hinet.net
網　　址　舒讀網 http：//www.sudu.cc

法律顧問　巨鼎博達法律事務所
施竣中律師
總 經 銷　成陽出版股份有限公司
電　　話　03-3589000（代表號）
傳　　真　03-3556521
郵政劃撥　19785090　印刻文學生活雜誌出版股份有限公司
印　　刷　海王印刷事業股份有限公司

港澳總經銷　泛華發行代理有限公司
地　　址　香港新界將軍澳工業邨駿昌街 7 號 2 樓
電　　話　852-27982220
傳　　真　852-31813973
網　　址　www.gccd.com.hk

出版日期　2019 年 10 月 30 日　初版
ISBN　978-986-387-322-8

定　價　300 元

國家圖書館出版品預行編目資料

跳水的小人／黃寶蓮 著.
--初版. –新北市中和區：INK印刻文學，
2019. 11 面；14.8 × 21公分. --（文學叢書；613）
ISBN 978-986-387-322-8（平裝）

863.57　　108017291

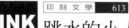